Alberto Nessi

Terra matta

Drei Erzählungen
Nachwort von Fabio Soldini

Limmat Verlag
Zürich

Die deutsche Erstausgabe erschien 1983 im
Limmat Verlag Zürich in der Übersetzung von Karin Reiner,
die für diese Ausgabe überarbeitet wurde.

Im Internet
Informationen zu Autorinnen und Autoren
Materialien zu Büchern
Hinweise auf Veranstaltungen
Schreiben Sie uns Ihre Meinung zu diesem Buch
www.limmatverlag.ch

Das Bild von Luigi Pagani befindet sich auf seinem Grab.
Die Foto auf Seite 48 stammt von Karl Bischof (1895–1966),
© Carlo Bischof, Brissago; diejenige auf Seite 98 von
Pia Zanetti, Zürich

Das Umschlagbild «Landschaft von Mendrisiotto»
(etwa 1925 entstanden) stammt von Hermann Scherer
(1893–1927)

Typographie und Umschlaggestaltung von Trix Krebs

© 2005 by Limmat Verlag, Zürich
ISBN 3 85791 494 7

Terra matta 7
Die Tabakmanufaktur 47
Tonio 97

Teilnehmendes Erzählen 157
von Fabio Soldini

Terra matta

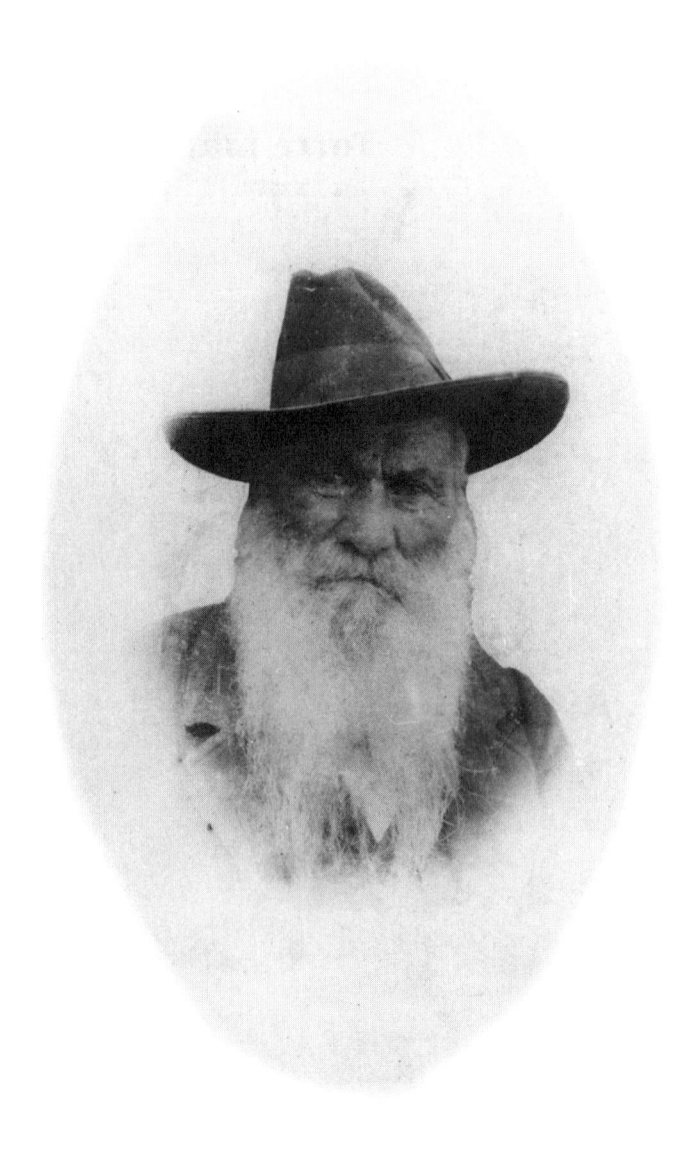

I

Im Jahre 1843 fiel Mariä Heimsuchung auf einen Sonntag. Es wurde ein grosses Fest. Nachdem sie die ersten Glocken losgebunden hatten, die Maultiere und Esel aus Moltrasio, Cernobbio, Rovenna und Piazza Santo Stefano bepackt waren, verliessen die Teilnehmer der Prozession ihre Dörfer auf Wegen, die zu dieser Stunde und Anfang Juli noch ganz finster waren.

In der Morgendämmerung begannen die Figuren deutlicher Gestalt anzunehmen: die Kapuzen rot und weiss die Kutten der Amtsbrüder, leichter trug sich der Baumwollstoff auf den Schultern der jungen Mädchen, aus den geblümten Kopftüchern tauchten die Gesichter der Bäuerinnen hervor. Der Vollmond und die Sterne, die noch am Himmel verharrten, kündigten eine schöne Kirchweih an.

Als die Vögel die Stille der Berge über dem Comer See brachen, fing auch der Pfarrer inmitten laubiger Zweige zu psalmodieren an. Die Gesänge waren jedoch matt und erlaubten jedem, seine persönlichen Angelegenheiten zu überdenken, die, aus den Nebelschleiern des Schlafes aufgestiegen, sich mit all ihren frischen Wunden den Blicken darboten.

Man konnte die Bauern sehen, die an der *pellagra* litten, da sie nur Polenta, Kastanien, Kleiebrot, Gersten- und

Hirsesuppe, die mit Nussöl gewürzt war, zu essen hatten; die Papiermacher aus Piazza und Maslianico, die Tag für Tag in den Betrieben entlang der Breggia mit Lumpen hantierten und nun ihre Klarinetten und Flügelhörner an die Lippen setzten, die Coconwäscherinnen, Aufputzerinnen und die Anreisserinnen, die ihre grobe Arbeitsschürze gegen eine bestickte Festtagsschürze eingetauscht hatten.

Das Licht der Morgensonne fiel weniger auf Lucias von bescheidener Schönheit als auf Mädchen, die abgearbeitet und mitgenommen waren von den langen Stunden, die sie in der Spinnerei beim Haspeln und beim Einheizen des Ofens zugebracht hatten. Unter ihnen waren Mädchen, deren Los es war, vorzeitig zu altern, um den Seidenherren zu ermöglichen, sich ihre Landhäuser in der Brianza zu halten, Kinder, die in den Spinnereien mit ihren feinen Fingerchen die Seidenfäden wieder verknüpften und die manchmal mit dem Gewicht ihres Körpers nachhalfen, dass sich die Spulmaschine drehte.

Auch auf Schweizer Seite stieg man den Monte Bisbino hinauf, mit Umhängetaschen, Armkörben, Tragkörben, grossen und kleinen Flaschen. Mitten unter den Kindern, die schon recht lärmten, schritt ein Maultier mit einem Fass Wein auf dem Rücken.

Einige waren bereits kurz nach Mitternacht aufgebrochen, um den Sonnenaufgang zu sehen, ihre Sünden zu beichten und in der Wallfahrtskirche einen Platz zu ergattern – denn, fällt Kirchweih auf einen Sonntag, gibt es so viele Leute, dass man meinen könnte, man sei am Gründonnerstag in Como, um das Kruzifix in der Kirche der Annunciata zu küssen.

Zwischen den Buchen, Eichen und Kastanien hindurch sah man im ersten Tageslicht die Gewänder der Pfarrer vorbeiziehen, die Barchentkleider der Bauern, die Samtkittel und die blumenbestickten Gilets der Burschen, die Schleier und die Röcke der Frauen und die kurzen Hosen der Buben. Sie kamen von Sagno, Morbio, Vacallo, Mendrisio, Caneggio und aus anderen Dörfern des Mendrisiotto.

Nachdem sie aus dem schattigen Dunkel des Waldes hinaus auf die grasbewachsenen Kuppen gelangt waren, hielten sie inne, um die Wallfahrtskirche auf der Höhe zu bewundern. Sie war wie eine kleine Festung umschlossen von einer mächtigen Mauer, diese Stätte der Wundertätigkeit, die der Blitz vor zwanzig Jahren als Zielscheibe benutzt hatte, wobei er einen Jagdhund verkohlen, siebenundzwanzig Wallfahrer, beschützt durch die Heilige Maria vom Bisbino, jedoch unversehrt liess.

Die *Breva*, die aus der Ebene heraufblies, fegte über die lange gewellte Kruppe der Rücken hinweg, liess die Filzhüte und die Mützen der Männer fliegen. Sie standen eng in einer Gruppe zusammen, um mit ein paar Pfarrherren zu diskutieren, die sich Heuschrecken von der Soutane schüttelten unter den Eschen mit ihrem bedrohlichen Laubwerk und den Vogelbeerbäumen, deren rote Trauben sich bewegten. Augen und Schnurrbärte glänzten in der Morgensonne.

Die *Breva* trug auch ihre Gespräche über den Pfad zur Wallfahrtskirche hin, die zum Anfassen nah scheint und bei der man doch nie anlangt. Immer taucht da noch eine weitere grüne Welle auf.

«Nun, wie machen wir es heute?»

«Also, an mir soll's nicht fehlen. An mir nicht.»

«Denk daran, dass es einen sicheren Schlag und gute Beine braucht, weil ...»

«Oh, meine Beine lassen mich nicht im Stich.»

Der grosse Platz vor der Wallfahrtskirche, geschmückt mit Girlanden, Blumengewinden und scharlachroten Tüchern, wimmelte von Menschen.

Alle wollten sie die Füsse der Jungfrau Maria aus Marmor küssen und hatten ihr irgendetwas anzuvertrauen – ein Sohn, fern von zu Hause, eine verwachsene Tochter oder auch einfach die Mühsal, auf dieser Welt zu leben –, ihr konnten sie es sagen, dieser Trösterin der Bedrängten und Gnadenspenderin.

An den Wänden der Kirche berichteten Hunderte und Aberhunderte von Täfelchen und Exvotos von ihrem wunderbaren Wirken: von besiegter Pest und Cholera, von abgewendeter Dürre, gebändigter Feuersbrunst, aufgerichteten Krüppeln, vom Gelähmten, der wieder gehen kann, von der jungen Frau am Seeufer, die von ihrem Vorhaben, sich in den See zu werfen, abgehalten wird, vom Verbrecher, der seinen Revolver wegwirft und ein neues Leben beginnt, vom Kind, das vor dem Ertrinken gerettet wird, vom Bergknappen, der lebend inmitten der Trümmer einer

Mine aufgefunden wird, vom Maurer, der im Fallen aufgefangen wird, als das Baugerüst einstürzt, den Schiffern, die mitten in einem Seesturm vom wundertätigen Arm der *Stella del Mare* gerettet werden.

Die andere Madonna, dieses Bauernmädchen aus Holz, zwei Spann hoch und rot und blau angemalt, mit dem weissen Kind auf dem Knie, erschien, als das Hochamt zu Ende war, über und über behangen mit Schmuck, Halsketten, Armbändern, Kreuzen und Medaillons, inmitten der Kruzifixe und Litaneien der Gläubigen auf der Schwelle der Kirche, getragen von den Mitgliedern der Bruderschaft aus Moltrasio. Und wenngleich sie von der *bergamasca* bedrohlich angewht wurde, spiegelte ihr Blick himmelblau den Comer See, betrachtete sie, ohne Bewegung, die Berge über Brunate; und wie sie nach und nach unter dem Flügelschlag der Steinschwalben auf den Vorplatz hinausschritten, richteten sich ihre Augen beinahe sehnsüchtig auf die Dinge dieser Erde: auf die Berge um Lecco, die gewaltige Kette der Alpen, den Generoso, auf das Muggiotal, das Mendrisiotto tief unten und auf die Brianza, unter dem Schleier der grossen Hitze, und die lombardische Ebene mit dem Flecken Mailand. Sie hielten einen Augenblick inne an der Stelle, wo sie einst – oder war es am Ende die marmorne Frau? – den Glockendieb hatte abstürzen lassen, den man in gewissen Nächten stöhnen hört aus der Tiefe des Abgrunds. Schliesslich war der Gang zur Wallfahrtskirche beendet. Alle knieten nieder vor diesem Glanz; die Kühe auf der Alp wendeten ihren Kopf.

Nach den innigen Gebeten begaben sich die Leute in die Osteria der Wallfahrtskirche. Unter dem Vordach packten sie Salami und Fladenbrot aus, setzten sich gegen die Mauer, um sich vor dem Wind zu schützen, und die Kinder auf der Mauer oder auf dem Vorplatz plärrten auf dem Trompetchen vom Bauchladenhändler oder rollten die Böschungen hinunter und suchten Sauerampfer zwischen dem zerzausten Gras. Andere zerstreuten sich unter den Buschhecken in den schweizerischen und italienischen Wäldchen, stellten ihre Körbe auf den Boden; die Frauen breiteten ein Tuch aus und verteilten die Esswaren; die Männer sicherten den *fiasco,* die grosse Korbflasche, mit einem Stein, und dann setzten sie ihn sich an die Lippen, die noch feucht waren vom Kuss, den sie den Füssen der Jungfrau aufgedrückt hatten und so die Worte des Psalmisten bestätigten, wie der Pfarrer aus Moltrasio gesagt hatte in seiner Predigt: «Dienet dem Herrn in heiliger Fröhlichkeit!» Ob es wohl so ist, das Paradies, mit einem *fiasco,* Brot mit etwas darauf und einer Frau unterm Haselstrauch?

Auf der Tessiner Seite gingen die Gespräche vom frühen Morgen weiter unter den Männern, die im Gras ausgestreckt dalagen und die Fliegen vom Schnurrbart verscheuchten, während die Kinder in ihre Pfeifchen bliesen.

Die Frauen waren die Ersten, die sich wieder auf den Weg hinunter machten, das Messbuch in den Händen, in welches sie das Bildchen der Madonna gesteckt hatten; sie wollten es über das Bett hängen oder in den Stall, um die Kuh zu beschützen, oder in die Seidenraupenzucht, damit die Raupen nicht den Kalkbrand erwischten und zu klebrig-faulem Brei würden durch den Donner.

Nachdem das Fass des Pfarrers Maderni – er war der Pfarrer von Morbio Sopra, bei dem zu Hause sich zweimal pro Woche der Spezereihändler aus Balerna, der Arzt aus Castello und zwei Pfarrherren aus Caneggio trafen, «um die Gegenrevolution zu planen» – geleert war, stimmte einer von den Frommen das Lied vom *Spazzacamino,* vom Kaminfeger, an. Der Sohn des Professore blies zur Begleitung das Kornett.

Es bildete sich eine Gruppe von etwa vierzig Personen. Innocenzo, der Kirchendiener, ein Bruder des Kornettspielers, hatte sich auf den Rücken des Maultieres geschwungen.

Betrunken machten sie sich auf den Weg über die hohen Alpweiden voller Sonne. Dann teilten sie sich in zwei Kolonnen auf, und einer begann zu rufen:

«Nieder mit den Liberalen! Zu Tode!»

Es war einer von den Schwarzen aus Caneggio, von denen, die vor ein paar Jahren vom Kirchturm herunter auf die Liberalen geschossen hatten, die sich versammelt hatten, um den Wahlsieg zu feiern, bevor sie die verräterische Urne verschleppten und sie in die Schluchten der Breggia warfen.

Jetzt gab es ein wildes Singen und Lärmen:

«Hoch die Schwarzen – sie sind die Besten!»

Die Camponovo aus Torre ob Mendrisio stimmten ein Lied an, das lautete: «Du kannst mir das Leben, die Ehre wieder geben», und bei der zweiten Strophe war Gambarón bereits zu Boden gesackt, völlig betrunken. In diesem Moment aber zogen ein Papiermacher aus Chiasso, Barbee genannt, und ein Pächter aus Mezzana, der auf einem Auge fast blind war, ihre schwarzen Halstücher aus und banden sie an ihre Stöcke. Die Menge setzte sich wieder in Bewegung, hinter den beiden her, die stöckeschwingend riefen:

«Es lebe unsere Fahne!»

Doktor Catenazzi stimmte mit voller Stimme an:

«Unsere Fahne flattert nicht umsonst …»

Und Barbee, mit glühendem Blick:

«Du bist schwarz, bald wirst du blutrot sein.»

Bei Sella waren der Hauptmann Bulla aus Cabbio, der mit seiner Frau von der Kirchweih kam, der Pfarrer von Vacallo und einer, der den Herrschaften den Proviant trug. Als sie die Kampfrufe und Gesänge hörten, hielten sie an.

Wie nun die Bande die Lichtung erreicht hatte, erteilte Bulla den Rädelsführern den Befehl, die Fahne zu senken, doch sie schwenkten sie ihm direkt vor der Nase herum, ihm, dem Hauptmann und seiner teuren Verfassung.

Da stürzte er sich auf den Camponovo und entriss ihm den Stock samt dem schwarzen Tuch.

Es begann Stockschläge zu hageln, alle schrien und rannten herbei und schlugen drauflos. Im Gemenge zückte

Batarèll, ein Pächter mit einer tiefen Narbe auf der Wange, sein Stellmesser und rammte es dem Pfarrer von Vacallo in den Bauch. Darauf machte er sich in Richtung San Martino aus dem Staube: der liberale Pfarrer brach blutüberströmt zusammen.

Zwei, die herbeigeeilt waren, um ihm zu helfen, bekamen ein paar weitere Messerstiche ab und blieben, sich vor Schmerzen windend, auf dem Wege zurück, während Meneghino Barbón gesehen wurde, wie er eine Messerklinge im Gras putzte und dann floh.

«O wir Armen! Sie streiten schon wieder …», schluchzten die Frauen.

Andere dagegen antworteten denen, die nach dem niedergestreckten Pfarrer fragten:

«Soll er sich aufhängen, der Don Antonio! Soll er verrecken, der Don Antonio!»

Weiter unten, auf dem Hügel von San Martino, lag der Landjäger Carlo Casartelli aus Chiasso, genannt Balín, in Hemdsärmeln und mit dem Gesicht auf dem Boden im Unterholz, die Füsse auf dem Saumpfad, voller Blut.

An seiner Seite versuchten ein paar Frauen, die von der Kirchweih heruntergestiegen waren, seine Wunden mit Taschentüchern zu stopfen und ihn zum Sprechen zu bringen. Doch Balín sagte gar nichts mehr. Eine hob seinen weissen Hut auf, der ins Farnkraut gefallen war.

Nach den Tätlichkeiten bei Sella, die mit der Verwundung der drei Liberalen geendet hatten, war Balín den ausser Rand und Band Geratenen nachgelaufen, hatte sich an den alten Camponovo herangemacht und ihn mit dem Stock herausgefordert:

«Los, auf mich, wenn es noch richtige Schwarze gibt!»

Die beiden hatten miteinander gerungen und sich zwischen den Baumstämmen gewälzt. Man hatte Hilferufe vernommen und gehört, wie die Töchter des Camponovo jammerten: «Jesses, mein Vater …!», währenddem einige weitere aus der Schar atemlos und betroffen hinzutraten. Nachdem die Messer und Rebsicheln gezückt worden waren, hatte hinten jemand gehetzt: «Gib's ihm! Gib's ihm!», bis man dann Balín mehrmals hatte schreien hören und Camponovos Leute entgeistert mit ihren Frauen in Richtung Morbio auf und davon gestürzt waren.

Am Abend wurde Balíns Leiche auf einer Leiter in die Kirche von Sant'Anna gebracht.

Als die Nachricht von den Vorfällen am Monte Bisbino durch die Dörfer gegangen war, beeilten sich die Liberalen, ihr Gewehr zu holen: in Mendrisio überfielen sie das Haus der Camponovo und richteten den Alten übel zu, indes die vier Brüder schon auf der Flucht in Richtung Grenze waren, um sich in Sicherheit zu bringen. In Vacallo banden die Brüder Luigi und Antonio Pagani, die man *Mattirolo* nannten, sich ihre Stoffschuhe um die Füsse, schulterten das Gewehr, riefen ihre Getreuesten zusammen und machten sich davon, auf die Suche nach den Pfarrern des Muggiotals.

Der Pfarrer von Bruzella, Don Clericetti, der vor dem Mittag in seiner Küche überrascht wurde, versuchte, sich zu verteidigen, doch wurde er von Luigi Pagani mit einem Gewehrschuss niedergestreckt. Er starb noch in derselben Nacht.

Die Pfarrer von Caneggio und von Morbio hielten es für ratsam, sich im freien Feld zu verstecken, wurden jedoch aufgestöbert und nach Chiasso verbracht, wo die Menge, die auf den Platz geströmt war, ihnen das Fell über die Ohren ziehen wollte, und Balíns Witwe, von ihren fünf Söhnen umringt, gestikulierte völlig ausser sich und wollte sich auf die Pfarrer werfen, wobei sie schrie, man solle sie ihr überlassen; sie werde ihnen schon das Herz aus dem Leibe reissen, um es ihren Kindern zum Essen zu geben:

«Tod den Schwarzröcken von Morbio!»

Tags darauf machten sich die Brüder Mattirolo, nachdem sie Balín das letzte Geleit zum Friedhof gegeben hatten, auf nach Morbio, fest entschlossen, ihren Rachezug fortzusetzen.

Sie hatten die Schlucht des Ghitello passiert, da stiessen sie völlig ausser sich auf die ersten Häuser von Morbio Sotto, wo bei der Kirche von San Rocco die Liniensoldaten einquartiert waren, die die Regierung abgeordnet hatte, um die Ordnung aufrechtzuerhalten, setzten über eine Hecke und sahen eine Gestalt die Strasse überqueren, einen, der gegangen war, den Soldaten einen Korb Brot zu bringen.

«Da ist er, da ist er!» Antonio Pagani legte blitzschnell seine Doppelaufbüchse an und liess den Schuss knallen, als wäre er beim Scheibenschiessen. Der Verletzte liess den leeren Korb in dem sonnenbeschienenen Engpass zu Boden fallen, tat, die Hände auf die Brust gepresst, noch ein paar Schritte, torkelte in die Spinnerei Peverelli und brach zwischen den Seidenraupen zusammen.

Hauptmann Demarchi, der alles mit angesehen hatte, fasste den Schützen und gab seinen Soldaten Order, ihn ins Gefängnis von Mendrisio zu bringen. Er aber hatte auf Ferrari geschossen, weil er einer war, den er nur zu gut kannte, den da – einer von der Bande vom Monte Bisbino, der vor Jahren seinen Vater hatte töten wollen, der da!

Also intervenierten die bewaffneten Patrioten, die Verteidiger der liberalen Revolution von 1830:

«Recht hatte er, auf ihn zu schiessen, auf diesen Schwarzen!»

«Lasst ihn laufen. Er ist einer von uns!»

In diesem Augenblick, so erklärte der Bürgermeister von Morbio während des Prozesses, der erst gut fünf Jahre nach der Tat stattfand – so funktionierte die Rechtsprechung von Republik und Kanton Tessin –, in diesem Augenblick erschien der Pfarrer des Dorfes, etwas verrückt und fast ständig betrunken, und rief auf Deutsch: «Raus!»

Die Soldaten, die dieses «Raus!» als Alarmruf missdeuteten, wollten sogleich auf den Reaktionär schiessen, und um sie davon abzuhalten, liess der Hauptmann Antonio Pagani los, der sich mit seinem Bruder in Richtung heimatliche Kastanienbäume verdrückte.

II

In jenem gärenden und elenden Mendrisiotto, wo die Bauern, grossenteils Analphabeten, in Pacht auf den Gütern der Herren arbeiteten, wo die Steinmetze und Maurer in die Lombardei und den Piemont auswanderten, um dort während der Saison zu arbeiten, während die Frauen sich in Haus und Feld und in der Spinnerei abrackerten, in diesem Mendrisiotto, wo jedes Jahr neunzig unehelich Geborene auf die Schwellen von Kirchen und Klöster hingelegt wurden und dort die Krätze auflasen, nur um darauf zu warten, ob jemand sie hinüberschmuggle auf die andere Seite der Grenze in ein Krankenhaus, wo sie, kaum geboren, starben, da also hatte sich Luigi Pagani, genannt Mattirolo, den Ruf eines Verteidigers der Armen erworben.

Er und sein Bruder Antonio wohnten in einem Häuschen, versteckt im Wald über Vacallo, ein Auge in Italien und eines in der Schweiz. Mit dem italienischen Auge sah Mattirolo dort unten die Papierfabriken von Maslianico längs der Breggia, und oben, auf halber Höhe, Piazza und Rovenna, die Dörfer seiner Schmuggler- und Waldarbeiterfreunde. Mit dem schweizerischen Auge sah er das weite Grün der Hügel des Mendrisiotto und das Braunrosa der Dörfer.

Auch auf der hiesigen Seite kannte er alle: Besitzer, Patrizier, Pächter, arme Hutzelweiblein, Schmarotzer, die von Dorf zu Dorf die Runde machten und die niemand haben wollte.

Genau unter seinem Kirschbaum konnte er den Kirchturm von Vacallo mit dem eisernen Fähnchen auf der Spitze sehen; er nehme es zuweilen ins Visier seines Gewehrs, hiess es. Er sah die Villa des Bürgermeisters, die Behausungen der Maurer, wie er einer war, der Spinnereiarbeiterinnen, ferner das Brücklein, das den Palast der Adeligen mit dem Garten verband, in dem an den Sommernachmittagen der Bischof von Como, der da in der Sommerfrische weilte, unter der Pergola spazieren ging, die kleine Schule, wo der Lehrer die «Erbauliche Lektüre für die Kinder vom Lande» des Abts Antonio Fontana vorlas.

Wenn er unter dem Fenster der Schule vorbeikam, konnte es passieren, dass er die Stimme eines Kindes vernahm, das Silbe für Silbe die Ermahnung an all die, welche Landbau treiben und sich beklagen, buchstabierte: «Zufolge der Sünde des Menschen wurde die Erde vom Herrn verflucht, weshalb es grosser und unablässiger Mühe bedarf, damit sie nicht unfruchtbar wird und Drangsal und Dornen hervorbringt», oder etwa den Leitsatz Nummer 24: «Der Arme, der böse ist, verdient, getadelt zu werden», oder der 25.: «Der stolze Arme ist unerträglich für alle und allen verhasst». Also musste aus Sicht jenes Abtes und all jener, die in dem von einem weissen Pferdchen gezogenen Wagen fuhren, der arme Mann für andere rackern und an pellagra erkranken und ausserdem lieb sein und Gott danken dafür, dass er auf der Welt war und nicht als Kind schon starb. Er durfte sich niemals beklagen, nie den Kopf erheben, sonst liefe er Gefahr, so zu enden wie Paoletto aus der ersten «Kleinen Geschichte» der «Erbaulichen Lektüre».

Dieser Paoletto nämlich, von seinem Vater ausgeschickt, das Vieh auf der Weide zu hüten, begab sich auf die nahe Strasse, um mit Nüssen zu spielen. Er überliess die Ochsen einfach sich selbst auf der Weide, während sein braver Bruder die Schafe im Auge behielt und gleichzeitig die ABC-Fibel aus der Tasche zog, um keine Zeit zu verlieren, und ganz alleine lernte. Filippino war gewaschen, gekämmt, herausgeputzt, und in der Schule war er mäuschenstill und sass wie ein Engelchen auf dem Ehrenbänkchen, und bei den Prüfungen bekam er eine Auszeichnung. Paoletto, schmutzig und mit Haaren wie ein Dornbusch, warf den alten Leuten Steine nach, konnte weder Kirsche noch Pfirsich, weder Birne noch Nuss sehen, ohne sie zu pflücken. Er prügelte das Engelchen; anstatt zu arbeiten, fing er Eidechsen und Grillen. In der Schule bekleckste er den Kleinen Katechismus mit Tinte und liess die Bank knarren. Am Schwarzen Brett war er unter den Nachlässigen aufgeführt, er wurde aufs Schandbänklein verwiesen und musste seine Strafe mitten in der Schule und stehend verbüssen – doch alles nützte nichts: eines Tages schlug er einen seiner Kameraden zusammen und wurde von der Schule verwiesen. Ein kurzes Achselzucken bei der Strafpredigt des Vaters, zwei Brote, die er heimlich mitlaufen liess, und weg war er in der weiten Welt, ein Vagabund auf gut Glück; so liess er Filippino in Tränen zurück.

Mit Betteln und Stehlen fing er an, und zum Schluss überfiel er Reisende auf der Strasse, bis der lange Arm der Gerechtigkeit ihn auf frischer Tat ertappte und zum Tode verurteilte: aufgeknüpft an einem Baum am Strassenrand!

Doch wer nicht das Glück gehabt hatte, die Schule zu besuchen und sich dort die «Kleinen Geschichten» des Abts Fontana zu Gemüte zu führen und sich zu bemühen, dem braven Filippino nachzueifern, welcher Jahr für Jahr den ersten Preis gewann und sich mit grösstem Fleiss der Pflege der Fluren hingab und so das Land in einen Garten verwandelte – wer weder Land noch wollige Schafe noch milchtragende Kühe hatte, sondern nur die eigenen Kinder und den eigenen Hunger, wer nicht mehr wusste, wo ihm der Kopf stand, der ging, statt sein Unglück einfach hinzunehmen, zu Mattirolo, der, die Doppelflinte geschultert und die Pistole im Hüftgurt, einem der Herren der Umgebung ein Besüchlein abstattete und diesem mit angelegter Waffe befahl, einen Sack mit Mehl zu füllen.

Die Reichen liessen den Mais und das Korn fahren und schwiegen dazu, denn sonst – ein Flintenschuss des Mattirolo, und nicht einmal der Bischof von Como hätte sie davor bewahren können.

Am ersten Tag der Fastenzeit im Jahre 1847 machte sich Mattirolo auf nach Mendrisio, auf Wegen, die quer durch die noch verschlafenen Felder liefen. Es war ein heller Morgen; die Äste glänzten kahl in der Landschaft.

Er war 34 Jahre alt, trug ein Gewand aus Barchent, hatte einen raschen Schritt und den Kopf voller Aufruhr: eh die Natur erwacht, ist es am Menschen aufzuwachen, grübelte er, aufzuwachen aus seiner Tatenlosigkeit.

Tags zuvor hatten sie die Grenze geschlossen vorgefunden, er und seine Gefährten, Maurer aus Vacallo und Sagno, die in jenen Wintermonaten in der Villa des Grafen Bellinzaghi in Cernobbio arbeiteten:

«Kein Durchlass!»

«Was heisst da: Kein Durchlass?»

«Geht doch und fragt eure Regierung, die die Revoluzzer beschützt!»

«Aber es ist doch Zahltag!»

«Wir haben Order, euch zurückzuweisen.»

Die Bauleute blicken zu Mattirolo. Er ist das Haupt der Gruppe und hat vor niemandem Angst. Alle erinnern sich, dass er vor einer Woche einen uniformierten Sprenzling den Abhang hinunterrollen liess, der ihm nicht aufs Wort glaubte und ihn durchsuchen wollte, um zu schauen, ob das, was er unter dem Mantel trug, wirklich ein *panettone* sei. Aber hier trifft diesen Grenzwächter tatsächlich keine Schuld. Es sind die Österreicher, die es dem Kanton Tessin heimzahlen wollen, und zwar ausgerechnet in den Hungermonaten.

Mattirolo dachte, als er an jenem Morgen durch die kahlen Reben ging, an Szenen zurück, wie er sie in der

Lombardei gesehen hatte: geplünderte Ladungen, vom Volk überfallene Brotbäckereien.

Nicht ein Scheffel Mais gelangte nunmehr in den Kanton Tessin, an der Grenze standen Soldaten, und die, die vorher hinübergingen, um Polenta und Reis zu kaufen, assen jetzt Kleiebrot: Die Letzten beissen immer die Hunde.

Er schritt rasch aus, und jeder Schritt war ein Mann, der sich der Bande anschloss: Fasola trommelt die Männer aus Balerna und Coldrerio zusammen, Titón die aus Castello, und dann sind da noch der Schneider aus Morbio, diejenigen, welche bis Lugano hinter der Musikkapelle hergezogen sind, um die Revolution mit ihren Gewehren zu verteidigen, die, welche den Freiheitsbaum in Novazzano aufgerichtet haben und darauf über das Tal der Mulini hergefallen waren mit dem Ruf: «Es lebe die Reform!», bis unter die Fenster von Monti, dem Schwarzen aus Balerna. Es waren die, welche im Jahre 1843 mit ihm gezogen waren, um die Pfarrer des Muggiotals zu fassen …

Als er in Santa Lucia angelangt war, hielt er inne, um sich die Schluchten der Breggia näher anzuschauen. Ob man dem Schuster, der auf dem Platz von Vacallo am letzten Tag des Karnevals das Horn gespielt hatte, wohl trauen konnte?

Die Kapelle von Novazzano war bis in sein Dorf gekommen, um auf dem Kirchplatz einen Marsch, eine Mazurka, eine Polka und einen Schottisch zu spielen. Und danach einen Halben zu trinken.

Mattirolo hatte die Musikanten beiseite genommen, einen nach dem andern, um sie zu fragen, ob sie auf dem Laufenden seien in der Sache mit dem Korn, und um ihnen zu sagen, dass die Soldini und die Matti die ganze Ware einheimsten:

«Wenn ich euch rufe, werdet ihr kommen?»

«Wir werden sehen», hatte der Schuster zur Antwort gegeben, ohne ihm ins Gesicht zu blicken.

War also Verlass auf ihn?

«Hört mal her!», hatte er dann am Abend auf seinem Rundgang durch die Wirtschaften gesagt, «in den Häusern der Reichen fehlt es nicht an Mais. Wir gehen gemeinsam hin und holen ihn uns. Es genügt, dass man ein bisschen Haare auf den Zähnen hat.»

Mattirolo setzte seinen Weg fort. Durch die vertraute Gegend zu gehen, erhitzte ihm Körper und Geist. Die Preise zu senken, erschien ihm ebenso einfach, wie das Rebmesser zu zücken oder einen Büchsenschuss abzufeuern. Wie leicht war es doch gewesen, vor Jahren, einen protestantischen Pastor am Stadtrand von Lausanne mit Steinen zu bewerfen, als er auf der Rückreise von der Saison in Frankreich hungrig an dessen Tür geklopft und um Brot gebeten hatte: der Prediger «Wohlbekomms» hatte ihm vom Fenster aus zur Antwort gegeben, er solle arbeiten gehen, er sei ein Faulpelz!

Hinter Balerna fand er Perginate, so genannt, weil er aus Perginate in der Provinz Como stammte, der eben von den grossen Gütern kam, wo er in den Reben gearbeitet hatte.

«Wir gehen uns am Samstag Mais holen. Komm doch auch mit, wo du doch so viele Kinder hast. Es kommen auch all die Leute aus Morbio Sopra, aus Sagno, Vacallo und Castello …»

Gegen Mittag kam er auf die Piazza in Mendrisio. Vor dem Brunnen, von dem aus eine Talmulde mit noch kahlen Erlen zu sehen war, standen der Bürgermeister, der Rechtsanwalt Beroldingen, der Händler Terraneo und einige andere.

Mattirolo lud Terraneo in die «Cantine» ein. Und wie sie so auf der Strasse, die durch den Flecken führt, davongingen, sagte er zum Ladenbesitzer:

«Nun hat aber die Stunde geschlagen für die Herren von Mendrisio. Jetzt wollen wir einmal hierher kommen und selbst ein bisschen den Herrn spielen, wollen essen und trinken, und sie gehen arbeiten. Mal abwechseln, oder? Wir kommen her und schicken sie für uns die Hasen fangen, den Bauern spielen: überlassen wir es ihnen einmal, den Boden umzugraben!»

Er war wirklich ein spinniger Kerl, eben ein Mattirolo. Alle kannten sie ihn ja.

Eifrig diskutierend, gelangten sie unter die Felsen des Generoso, an dessen Fuss sich die Bacchus-Grotten öffneten.

Der Ladenbesitzer hörte den Worten des Mattirolo aufmerksam zu, weil es ihm nicht gelang herauszufinden, ob er nur im Spass redete. Er hatte ein finsteres Aussehen, der Mann da, ein Wetterleuchten blitzte in seinen Augen unter dem abgerissenen Hut.

In einem Grotto genehmigten sie sich einen Halben.

In diesem Augenblick kam ein Kärrner aus dem Muggiotal dazu, und Mattirolo sagte zu ihm:

«Halte dich bereit! Irgendwann an einem Abend kommen wir da herunter und wischen den Pollini, den Bianchi und den anderen Herrschaften von Mendrisio eins aus.»

Am Samstag um die Mittagszeit spazierte der Vize-Bürgermeister von Morbio Sopra, Carlo Fontana, Schneider und Vater von neun Kindern, auf der Piazza, als plötzlich Mattirolo auftauchte, der gerade die Dörfer diesseits der Breggia abklopfte:

«Kommst du?»

«Wohin?»

«O je, was für ein Einfaltspinsel! Weisst du denn von nichts? Wir gehen und lassen uns die Kornspeicher aufschliessen.»

«Aber – das ist doch nicht unser Brot. Gebt Acht, was ihr tut!»

«Wenn wir ihn in Händen haben, den Mais, werde ich mich darum kümmern; ich werde ihn der Regierung zurückgeben.»

«Wenn's so ist, bin ich dabei.»

Er sagte ihm, er solle sich mit den anderen aus dem Dorf in Vacallo einfinden – und setzte seinen Rundgang fort. Er sprach mit den Maurern, den Ziegelbrennern, den Bauern: ein paar Worte genügten.

Wo in Sagno der Saumpfad zu den zugehörigen Maiensässen führte, war er ein paar Tage zuvor gewesen, um mit den jungen Leuten zu reden: Sciavatinell verwahrte zu Hause eine alte Feuersteinflinte, die dienlich sein konnte.

Um die Männer von Castello würde sich sein Freund Titón kümmern, er hatte ihn beim Einnachten benachrichtigt, als er sich gerade zur Jagd auf einen grossen Vogel aufmachte, den die Leute «Jämmerling» nannten, weil er allabendlich in die Nähe von Corteglia kam und seinen Klagevers sang. Und nie gelang es, ihn aufzubringen aus dem wilden Gestrüpp, das die Alpwiesen bis ins Tal hinunter bedeckte. Um die Leute von Balerna kümmerte sich der Schuster Fasola. Die Nachricht war im Umlauf.

Neben der kleinen Kapelle von Vigino traf er Moretto, und sogleich war alles klar zwischen ihnen: Hatte er sie nicht stets im richtigen Moment gerufen, der Mattirolo?

Nachdem er Morbio Sotto, ein Dorf von Schwarzen, links liegen gelassen hatte, trat Mattirolo den Heimweg an, denn schon hatte es zum Ave Maria geläutet.

Vor sich konnte er noch die Ebene von Chiasso erkennen, den Hügel, wo das Mädchen herkam, das er geheiratet hatte, den Monte Lompino und den Turm von Baradello, die Schmugglerwälder: Örtlichkeiten, die er kannte wie seine Hosentasche. Genau wie die Dörfer, die an den bereits violetten Hängen verstreut lagen. Er konnte sie eins ums andere ausmachen, wenn er einen Augenblick stehen blieb und seinen Blick wandern liess. Er stellte sich die Männer vor, die bereit waren, ihm zu folgen, und dachte noch einmal an die gesagten Dinge.

Die Stille der Landschaft wurde von einem Krähenschwarm durchbrochen: Dort waren zwei Schatten, neben dem Kreuz von Fontanella. Der eine war der von Eugenio Bianchi, der als Kind wenige Tage nach seiner Geburt aus dem Hospital von Como auf diese Seite herübergebracht worden war. Mit einem Freund ging er nach Maslianico, um Ölkuchen zu holen.

Als sie Mattirolo erblickten, blieben sie stehen und verfluchten die elenden Zeiten; sie hatten keinen Mais auftreiben können. Was konnte man nur tun?

Nachdem er am Abend die Herrschaften von Sagno aufgesucht hatte, klopfte Mattirolo an die Tür des Herrn Bertola, Bürgermeister von Vacallo. Und als der Richter aus dem Speisezimmer herausgekommen war, das Licht auf die Truhe im Flur gestellt und die Türflügel einen Spalt weit geöffnet hatte, schlüpfte er hinein, machte die Tür wieder dicht und liess sich die Gewehre der Gemeinde aushändigen, die schliesslich mit dem Geld der Adligen angekauft worden seien, und auch er, Luigi Pagani, Sohn des Domenico, sei ein Adliger von Vacallo; er solle nicht so viel Aufhebens machen, denn er habe heute Abend vor niemandem Angst, wolle lediglich den Vielfrassen ein bisschen auf die Pelle rücken.

Der Bürgermeister liess nicht locker: Und dann die regierungsrätliche Abordnung, die schon zu Verhandlungen in Mailand sei. Und der Mais, der niemandem verweigert werde, und sie, die allesamt mit drinhangen würden. Und hin und her ... Da blitzte im trüben Schein des Flämmchens ein Dolch auf, und Mattirolo drohte Bertola, er werde ihn da an der Tür festnageln und dann weggehen. Da sagte der Bürgermeister:

«Wenn's so steht – du weisst, wo sie sind.»

Mattirolo ergriff eine Schultervoll Gewehre und machte sich mit seinen Leuten auf zur Schenke von Grazioso, wo bereits die aus Sagno und Vacallo um die Tische herum bei einem Becher Wein und Brot für ein paar Groschen warteten, ganz aufgeregt, als wär's ein Fest. Oder aber sie warteten im Freien, längs der kleinen Strasse, an die Mauer gelehnt, die Pfeife rauchend, währenddem Graziosos drei Töchter herunterkamen, um zuzuschauen und ein wenig zur Hand zu gehen.

Er kam mit den Waffen, einem Säcklein Bleikugeln und zwei Schüsseln Pulver, die er auf die Theke stellte. Diejenigen, die ein Gewehr hatten, luden es.

Er wollte, dass auch Grazioso ihm seines gebe, und begann zu lachen, weil der Wirt Ausflüchte machte: Aber! Wo sie doch sogar die Gewehre von den Gemeinden hätten!

Also zog Grazioso seine alte Feuersteinknarre vom Militär hervor. Und der Zug machte sich auf den Weg.

Nach dem Tag in der Ziegelbrennerei von Sant'Antonio war Quartin in den Stall eines Nachbarn gegangen, um ein wenig zu plaudern, als um die acht herum einer völlig ausser Atem hereinkam und sagte:

«Rennt, rennt! Da sind ganz viele, die Zeug holen gehen beim Marnetta!»

Als er in Gorla anlangte, sah Quartin vor Angiolinas Wirtshaus einen grossen Auflauf. Es waren wohl um die zweihundert gewesen, einige mit geschultertem Gewehr, andere mit einem Stock oder einer Hacke, dazu ein paar Neugierige, die hergekommen waren, um zu schauen, was zum Teufel da gespielt werden sollte.

Er erkannte Matto aus Vigino, bei dem während des Nachtessens der jüngere Mattirolo plötzlich den Kopf in die Küche gestreckt hatte, um ihn zu fragen, ob er einen Halben mit ihm trinken komme; zahlen werde er. Da war auch Ventura, dem der Scherer eben den Bart rasiert hatte, weil's Samstag war, ferner Cavallasca, der in einem solchen Durcheinander nie fehlte, und Rossinelli aus Coldrerio mit einer Knarre, geladen mit Amselschrot.

Er sah auch Legría und Giacinto, die nach der Arbeit in der Ziegelbrennerei die Brüder Dones getroffen hatten. Sie waren bewaffnet und hatten sich ihnen angeschlossen bis Balerna, wo der Friedensrichter vergeblich gerufen hatte: «Zurück, zurück! Das ist euer Abend nicht! Geht nach Hause!» Er erkannte Giuseppe, der seine Geliebte in Gorla hatte und voll Bange war um sie; er traf Marco Solcà, den man später dabei beobachtete, wie er sich schleunigst davonmachte zum Hause des Pächters des Herrn Matti aus Chiasso, um ihm zu berichten von dem, was sich gerade ereignete. Und alle grüssten sich, klopften sich mit der Hand auf die Schulter, es war ein grosser Rummel.

In der Wirtschaft, die von einer Laterne und dem Kaminfeuer erhellt war, ass jemand Kuttelsuppe, andere unterhielten sich und tranken dazu einen Becher Wein, wieder andere schliesslich waren verlegen oder aufgeregt.

Der Wirt hatte viel zu tun und ging hin und her mit dem *fiasco* und den Bechern. Mit einem Ohr hörte er den Gesprächen der Männer zu, die, wie es schien, die Revolution machen wollten. Er war es gewesen, der den Spion Solcà benachrichtigt hatte, welch letzterer nach einer gewissen Zeit wieder auftauchte und sich von neuem der Gesellschaft anschloss, als sei nichts gewesen.

Überall hatte es welche, im Hof des Wirtshauses, unterm Vordach, draussen auf der Strasse; sie lehnten sich gegen den Stall und sassen auf den Mäuerchen. Weitere stiessen noch zu ihnen, andere verschwanden, tauchten wieder auf.

Einer schwang eine Axt und rief dabei:

«Gehen wir die Türen der Weinkellerei von Capolago einschlagen, um zu trinken!»

Nun waren es an die dreihundert.

Mattirolo feuerte einen Schuss ab in die Luft, in der Hoffnung, die Gefährten Waldarbeiter würden es hören, ebenso die Kärrner aus dem Muggiotal, die sich zu dieser Stunde gewiss schon in die Ställe eingeschlossen hatten, um sich etwas aufzuwärmen, zu plaudern und zu dösen, während ihre Frauen Hanf und Leinen spannen.

Dann fragte er die Bande, wo man hingehen wolle: Marnetta, den wollten sie lieber in Ruhe lassen; er war nur ein Einzelner und ausserdem war auch er ein armer Teufel mit Frau und Kindern, die erschrecken würden. (Doch Marnetta war schon nach Mendrisio gegangen, um Gewehre zu holen, und er hatte seine Männer rings ums Haus aufgestellt, nachdem er die Säcke in die Meierei und in die Kirche von Villa hatte bringen lassen.)

Nach Chiasso? Lohnte sich gar nicht, davon zu reden.

Da griff Moscianella in die Debatte ein. Er hatte den lieben langen Tag Wagen voll Ware nach Capolago geschafft. Und Mattirolo: «Hört, liebe Freunde! Gehen wir nach Capolago, wo es so viele Herren hat, die wir ausplündern können, solche, die den Mais auf dem Boot wegführen lassen, aus dem Bezirk hinaus.»

Die Menge setzte sich in Bewegung.

Der Anführer versuchte zusammen mit seinen Helfern ein bisschen Ordnung ins Ganze zu bringen: «In Vor- und Nachhut die mit einem Gewehr, die mit den Stöcken in die Mitte! Und wehe dem, der irgendwem etwas zuleide tut oder in irgendeinen Laden in Mendrisio eindringen will – ich brenne ihm eins auf den Pelz! Wir müssen leise durch den Ort gehen. Pfeifen aus und Maul zu! Besser immer zwei und zwei auf dem Weg!»

Ein hinkender Papiermacher aus Vacallo bildete das Schlusslicht.

Auch Kinder waren dabei; sie liefen im Dunkeln hin und her. Als der Schuster seinen Buben unter ihnen fand, versetzte er ihm zwei Tritte in den Hintern, nahm ihn bei der Hand und schleppte ihn nach Hause. Das war kein Abend für Kinder, dieser nicht.

«Und die Wagen? Die Säcke?»

«Wir werden die Säcke schon aufstöbern. Wir wollen einzig die Ware beschlagnahmen, dann werden wir sie durch die Regierung an die Bedürftigen verteilen lassen.» Um die Wankelmütigen zu überzeugen, zog Mattirolo ein Papier aus der Tasche und erklärte, dies sei der Befehl des Kommissärs. Der grösste Teil konnte ohnehin weder lesen noch schreiben und vertraute ihm.

Während in der Wirtschaft «Del Giardino» zu Mendrisio das samstägliche Kartenspiel *tresette* zwischen dem Spezereihändler, dem Kaufmann, dem Anwalt und den Brüdern Beroldingen in vollem Gang war, platzte im Eilschritt der Amtsdiener des Regierungskommissärs herein und schlug Alarm: ein Schreiben aus Chiasso sei eingetroffen, das von Unruhen spreche, und Marnetta sei aus Villa gekommen, um Hilfe zu erbitten. Die Honoratioren verharrten im ersten Augenblick völlig sprachlos mit ihren Karten in den Händen, dann fassten sie sich und trafen ihre Vorkehrungen.

Beroldingen übernahm am Tor des Fleckens das Kommando über die Landjäger. Dort hatten sich auch der Bürgermeister Soldini eingefunden, der Hufschmied Pedroni mit der Trommel, der Kaufmann Terraneo, ferner zwei oder drei junge Leute, alle bewaffnet. Die anderen, die gegen Villa weiterziehen wollten, vernahmen nach einem kurzen Wegstück Stimmengewirr und das Getrampel von *zoccoli* und Schuhen in der Nacht. Und dann sahen sie sie:

«Sie kommen, sie kommen!», riefen die Brüder Boffi. Einer von beiden, der Gemeinderat, war den ganzen Nachmittag im Weinkeller gewesen und liess betrunken seinen Säbel sausen, trat vor und rief:

«Wer da?»

«Gute Freunde.»

«Wer sind diese guten Freunde?»

Einer trat vor: Sie wollten lediglich durchziehen durch Mendrisio. Doch der Gemeinderat beharrte darauf, dass man da nicht durchziehe: «Ich lasse euch einlochen, Hundesöhne!» Die drei drohten damit, alles in Brand zu stecken, und kehrten zu ihren Kameraden zurück.

Da feuerte ein Bursche vom Tor her den ersten Schuss ab, der Metzgergeselle legte das Gewehr an und schoss ebenfalls, doch blieb ihm keine Zeit mehr, neu zu laden, denn ein Schuss aus der Pistole von Mattirolo, der genau in dem Augenblick von der Mauer eines Guts an der Strasse heruntergesprungen war, durchlöcherte die Krempe seines Hutes.

Die Glocken begannen Sturm zu läuten, und der Hufschmied schlug auf seine Trommel, so heftig er nur konnte. Und nun war auch schon der ganze Ort auf den Beinen: schreiende Kinder, Köpfe, die gegen die Fensterläden pressten, um etwas zu erspähen, Männer, die aufrecht und mit gespitzten Ohren im Bett sassen.

«Wir sind Bürger wie ihr. Wir wollen nur durchziehen!»

«Wir wollen Brot!»

«Wir wollen *polenta!*»

«Wir haben Hunger!»

«Wenn wir sterben müssen, dann sollen die Herrschaften auch sterben!» Und von der anderen Seite:

«Schickt einen vor, dann wollen wir miteinander reden!»

Einer aus Coldrerio näherte sich, doch vom Tor her wurden Rufe laut, man solle den schon einmal festnehmen. Und tatsächlich ergriffen sie ihn.

Darauf vernahm man aus der entfesselten Menge:

«Herrgott! Vorwärts, marsch!»

«Vorwärts, marsch, ihr Hundsfotte, sonst bring ich euch alle um!»

Das war Fasola. Völlig ausser sich liess er seinen Stock sausen gegen die, welche, verängstigt von der Trommel, den Schüssen und dem Ruf «Erste Landjägerabteilung – Vorwärts marsch!», der plötzlich ertönte, sich zu verdrücken versuchten, indem sie in die dunklen Felder auf beiden Seiten der Strasse liefen oder zurückwichen. Einem Teil gelang es, in das Dorf einzudringen und einige der Verteidiger zu entwaffnen.

Sie setzten ihren Weg durch die engen Gassen zur Innenstadt hin fort. Unterwegs versuchten Terraneo und Borometta, sie zu beruhigen, und stellten Geld in Aussicht: Sie sollten sich nicht gegenseitig Schaden zufügen, sie seien doch Brüder; so senkte Boffi, der schon zum Schuss angesetzt hatte, weil er zwei oder drei der Seinen unter den Aufständischen erblickte, sein Gewehr.

Die Bande formierte sich auf dem Platz im Karree und gab Acht auf die Fenster, und der Bürgermeister, der beim Brunnen stand, rief:

«Mattirolo, Mattirolo. Was willst du?»

Er näherte sich ihm und nahm ihn unter freundschaftlichem Getue beiseite, hielt ihm eine Predigt: Was sind denn das nur für Sachen! Die gehören sich doch nicht – in der Nacht durch die Dörfer zu ziehen mit so viel bewaffneten Leuten!

Mattirolo sagte, es gebe nichts zu essen; es sei ihre Absicht, ruhig durch den Ort zu ziehen, um den Mais zu beschlagnahmen. Doch seien am Tor Schüsse gefallen. Der Anwalt versuchte ihm zu erklären, dass es zu dieser Stunde und bei so viel Leuten unmöglich sei, Essen zu finden.

«Verfluchte Reiche! Dann will ich dreissigtausend Lire!»

«Das ist zu viel. Wo soll ich sie denn hernehmen?»

«Dann rücke fünfzehntausend Lire heraus, damit man diesen Männern etwas zu essen geben kann!»

«Wo soll ich denn um diese Zeit eine solche Summe finden?»

«Wenigstens hundert Goldzechinen!»

«Unmöglich!»

Und als der Bürgermeister sich ihm am Arm einhängte, stürzten sich die Aufständischen auf ihn, weil sie meinten, er wolle ihn festnehmen. Statt dessen gingen die beiden zum Beinhaus und diskutierten. Bis der Amtsträger schliesslich die Hand in seine Rocktasche steckte und eine Handvoll Münzen herausholte. Er gab sie ihm und fügte bei, er werde auf den Zeitpunkt ihrer Rückkehr aus Capolago ein schönes Geschenk bereithalten.

Mattirolo steckte die Münzen weg, ohne einen Blick darauf zu werfen. Sie reichten nicht einmal aus für den Schnaps.

Als sie sahen, dass es krumm lief, schlugen viele im Dunkel den Weg nach Torre ein, andere erreichten ihr Dorf auf abgelegenen Pfaden, voll Hunger und Gedanken: So war es also nicht wahr, dass auch die von Mendrisio hätten mitkommen sollen und dass sie es verstehen würden? Oder hatten sie nur eben keinen Mut gehabt, die Schlafmützen? Jemand hatte sogar gerufen: «Vorwärts, brave Kerle, zieht nur durch! Vorwärts, das sind die Unsrigen!» Und man hatte Mattirolo dem Hund von einem Borometta zurufen hören, auch er habe ihn verraten. Weil Mattirolo immer schon an Bewegungen, die der Unterstützung der liberalen Regierung dienten, beteiligt war, hatte er, noch eh sie zu diesem Unternehmen aufgebrochen waren, gesagt, er habe Befehl von den Oberen.

Stand er am Ende nicht unter dem Schutz der Grossen? Der Bürgermeister hatte sich doch vorhin bei ihm eingehängt ...

Die Verbliebenen setzten ihren Weg fort nach Capolago. Eingangs Dorf machten sie bei einer Wirtschaft Marschhalt, aber wie sie auch klopften und riefen – nichts. Sie setzten sich am Strassenrand nieder.

Mittlerweile waren Mattirolo und zwei andere zu den Lagerräumen gegangen, um nachzusehen: da war nichts mehr. Die Säcke mit Korn waren bereits mit Booten in Sicherheit gebracht worden. So hatte man das Nachsehen und konnte nur noch Amen dazu sagen.

Da wurden plötzlich Fanfarenstösse laut in der Nacht. Die Fenster öffneten sich da und dort, und die Leute kamen auf die Strasse herunter mit ihren Lichtern und machten sich auf, dem Seeufer entlang: Es waren die Luganeser Truppen, die Musik in Galamontur mit Hahnenfedern auf dem Zweispitz wie für die Karfreitagsprozession. Unter den Klängen eines Militärmarsches setzte sich die Truppe in Bewegung Richtung Mendrisio.

Mattirolo erkannte Maraini, das erste Kornett, wieder und den Hornisten Sirena, die am Marsch von Locarno teilgenommen hatten und später an der Besetzung von Morbio Sotto im Jahre 1843, und er rief ihnen zu, dass sie höllisch falsch spielten: Mochten sie sich für die besten Musikanten des Kantons halten, sie seien halt doch nur lebendige Leichname; es wäre besser, sie würden zurückkehren mit ihrer Trommel, deren Fell allzu schlaff geworden sei und den Marsch der Sieben Makkabäer zu schlagen scheine!

Und weg war er.

Von der Sennhütte bei der Birke war es leicht für einen, der flinke Beine hatte wie Mattirolo, die Fuchs- und Schmugglerpfade zu nehmen: den Weg der *Madonnina,* den der Höhle, der zu *Tre Crocette* führt, und danach hinauf über die Höhen gegen den Bisbino. Das war sein Boden. Er konnte sich entlang der Grenze verstecken oder sich bis San Fedele vorwagen, ins Haus des Patrioten Andrea Brenta: Niemand würde ihn verjagen.

Die Kastanien, die Eichen und Buchen ließen zu, dass sein Blick tief zwischen die Stämme und das kahle Geäst eindrang und so die Uniformen der Soldaten sichtete, die gerne wähnen durften, die fünfhundert Lire Kopfgeld zu verdienen ...

Er und seine Freunde hatten den bewaffneten Kräften wie der Regierung sagen lassen, dass sie nur kommen sollten, dass sie auf sie warteten. Und der Major Sala hatte sich am Tag nach dem Unternehmen herausgeputzt und war losgezogen an der Spitze einer verstärkten Kolonne.

An der Weggabelung zwischen San Simone und Vacallo hatte ein Schrei Verwirrung unter seinen Leuten gestiftet. Darauf hatte der Major, wie er das völlig verrammelte Wirtshaus des Grazioso sah, aber auch bemerkte, dass ein Fensterladen im ersten Stock aufgehen wollte, Befehl gegeben, auf die Fenster zu feuern. Grazioso, der eben vor dem Stall sein Pferd besorgte, hatte zwar Schritte, Stimmen, die Schüsse und den Lärm von zersplitternden Scheiben gehört, doch galt sein erster Gedanke gleich Mattirolo, der mit ein paar weiteren aus dem Dorf bei ihm aufgetaucht sein mochte, die Doppellaufflinte auf der Schulter, zur Stunde des Katechismus, nur eben so lange, wie's braucht, ein Glas zu kippen, und um gleich wieder hinaufzusteigen in die schwer zugänglichen Höhen.

Die Soldaten hatten die schönen prallen Mieder von Graziolos Töchter wohlgefällig betrachtet, hatten eine Doppelflinte requiriert und eine mit aufgepflanztem Bajonett, ferner zwei Säbel, ein Gewehr, eine Tasche für die Kugeln mit Messingverschluss und waren dann weitergezogen.

Nachdem Major Sala die Leute aus Vacallo, die den Mund nicht auftaten, befragt und ein paar Häuser durchsucht hatte, ohne irgendetwas zu finden, war er beim Hereinbrechen der Schatten von diesen gefährlichen Örtlichkeiten abgezogen und nach Mendrisio hinuntergestiegen, um seinen Rapport abzufassen.

Wer kannte jene Wälder, jene Höhlen und jene Leute besser als Mattirolo?

Auch die Madonna vom Bisbino war bereit, ihn unter den Mantel zu ziehen, wenn die Häscher kamen, oder ihm mit einem mütterlichen Hinweis ihrer himmelblauen Augen die Nische zu bedeuten, wo er Schutz finden konnte. Oder gar das Wunder vom Feuer zu vollbringen: Kommt der Bandit in einer stürmischen Nordwindnacht in seinen Stoffschuhen auf den Gipfel des Berges, stirbt fast vor Kälte, schichtet neben der Kapelle ein wenig Holz auf; doch er hat nur drei Streichhölzer, und die geben keinen Funken her. Da fällt er vor seinem «Altchen» in die Knie, bittet sie inständig, und – siehe da! – die Flamme entfacht sich, das Feuer wärmt ihn und rettet ihn.

So mögen denn die Soldaten der Bürgerwehr ruhig weiter in den Heustöcken herumstochern mit ihren langen Spiessen, und Lavizzari soll ruhig seine Miteinwohner von Vacallo auch in Zukunft ausfragen, und die Grossräte mögen Reden halten über jene entsetzliche Katastrophe, jenes äusserst schwerwiegende Verbrechen, das den privaten Besitz gefährde und einen Makel setze auf Name und Ehre des Standes Tessin, und das von allen rechtdenkenden Menschen verabscheut werde, weil es von einer Horde von Übeltätern begangen worden sei, von Leuten, die einzig von den Ideen des Kommunismus beherrscht würden. Möge der ehrwürdige Motta ruhig fortfahren damit, der Regierung vorzuschlagen, man solle die Rädelsführer erschiessen oder aufhängen auf der Stelle und ohne Prozess – er, Mattirolo, ist in Sicherheit, und in seinem Versteck denkt er an jene grossen Worte, die ausgesprochen worden sind wegen einer Schar von Verzweifelten, die ein bisschen Mais haben wollten – Anlass genug, den Herrschaften und Anwälten zu nahe zu treten: schon speien sie Feuer und Flammen, drohen mit Zwangsarbeit und Pranger. So war es nicht, als ich vor fünf Jahren den Schwarzrock von einem Pfaffen aus dem Muggiotal umgebracht habe … Dann taucht er seine Feder ins Tintenfass und, während die Gefährten vom Mais nach und nach verhaftet werden und im Gefängnis von Mendrisio ein Papier mit unsicherer Handschrift unterschreiben oder ein Kreuz neben den Namen setzen, schreibt er mit schöner Schrift an die Behörden, er sei bereit, sich der Justiz zu stellen, wenn es sich um acht oder neun Tage handele. Doch da offensichtlich der *Cholera morbus* den Grossen Rat gepackt hat, zieht er es vor, auf Distanz zu bleiben.

Die Tabakmanufaktur

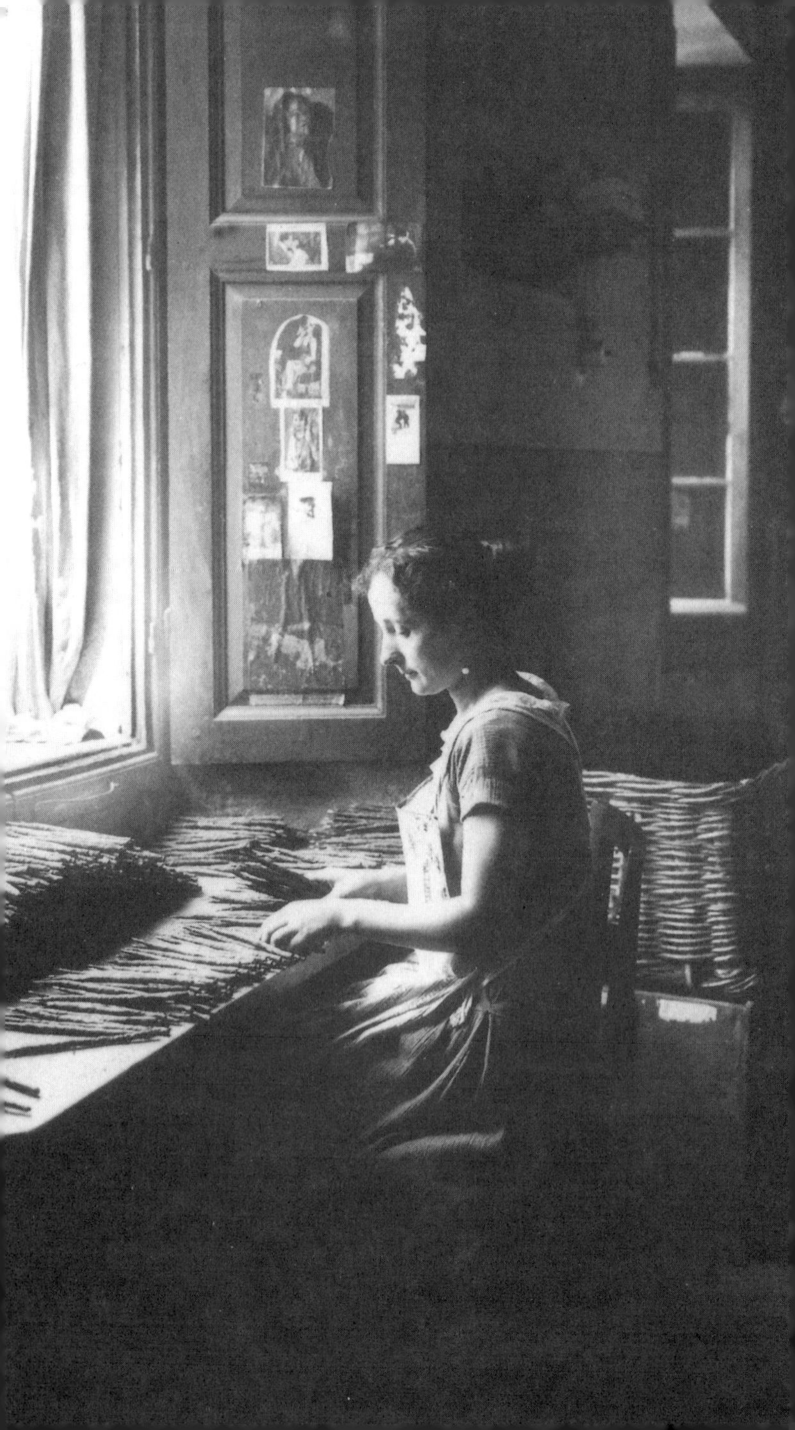

Streik
1900

Wann beginnt das neue Jahrhundert? Und geht das 19. Jahrhundert am 31. Dezember 1900 um Mitternacht zu Ende – darauf beharrt der Papst – oder ist es schon am 31. Dezember vergangenen Jahres zu Ende gegangen, wie Wilhelm II. behauptet? Der Bürgermeister des Grenzortes liest gerade einen Zeitungsartikel über «Das Problem des Jahrhundertanfangs»; dicke Schwierigkeiten! Auf jeden Fall ist es besser, auf Seiten des Kaisers zu stehen – Hände weg vom Rauch der Kerzen.

Dann der Lokalteil: «Morgen, am 14. ds., wird von 7 Uhr abends bis um Mitternacht im *Colonne* ein grosser Wohltätigkeitsball stattfinden für die armen Kranken, die in Chiasso wohnen. Eintritt 1.– Fr., Kinder 50 Rp.»

Die Freisinnigen sind wohlhabende Leute: sie spenden den Weihnachtsbaum im Kindergarten, organisieren den Tanzabend in der Turnhalle, das Bankett im *Grotto del Carlino*, dann greifen sie mit der einen Hand ans Herz, mit der anderen zur Brieftasche und spenden, denkt der Herr Bürgermeister, genannt *Refaciún*, der Obervorwürfeerteiler, weil er Meister ist in der Kunst, die Bürger anzufahren, ihnen die erwiesenen Dienste vorzuhalten, die Arbeitsplätze, die er im Tausch für eine Stimme verschafft hat, die unterschriebenen Wechsel.

Sonst lediglich Kleinkram: Streit im Hotel Colonne am

Zigarrenmacherin in Brissago, etwa 1930

Weihnachtsabend; ein Bahnwagen Ochsen aus Mailand vom grenztierärztlichen Dienst zurückgewiesen.

Auf dem Platz ist das Gas zu sehen, auf das die Arbeiter bei ihren Aushubarbeiten für das neue Postgebäude gestossen sind: seine Flamme sendet einen grünlichen Schein aus in die Winternacht.

Die Neuigkeiten setzen am Tag nach dem grossen Wohltätigkeitsball ein:

Für die Damen ein Tag der geistigen Höhenflüge – der Walzer mit dem kühnsten Turner des Städtchens, das Lächeln unterm Schnurrbart des Majors, der Traum von der Bootsfahrt auf dem Teich inmitten von Seerosen. Für die Zigarrenmacherinnen Zahltag. Doch diesmal melden sie sich nicht im Büro, um den Lohn abzuholen, das ist das Neue.

Italienische Lire, die wollen sie nicht länger, sollen sie sich doch ans Gesetz halten und also in Schweizer Franken bezahlen und nicht in italienischer Währung, um auch noch am Wechselkurs zu verdienen. Und wenn die Regierung sie zwingt, in Franken zu bezahlen, dann sollen sie herausrücken mit der richtigen Summe, nicht zehn, fünfzehn Prozent weniger!

Niemand in Chiasso hat je gesehen, dass die Frauen den Besitzern der zehn Zigarrenfabriken «Nein» sagen, dass sie vom Gebäude neben dem Zoll losmarschieren, durch die Via Centrale defilieren mit ihren dünnen Überwürfen und den Zoccoli an den Füssen, über die Eisenbrücke ziehen – im Kiesbett der Faloppia unterbrechen zwei Wäscherinnen, klamm vor Kälte, einen Augenblick ihre Arbeit und hören auf, die Wäsche auf das Brett zu schlagen, sie richten sich auf und schauen zu –, dass sie sich mit ihren Arbeitskolleginnen aus der Via Vacallo vereinigen, mit denen von der Industria, vom Cattaneo, von Camponovo. Die Passanten bleiben stehen, lächeln, fragen, irgendeiner schüttelt den Kopf.

Vor der Mühle der Zocca schlägt einer mit heraushängender Zunge bei ihrem Vorbeimarsch auf einen Blechkanister, trampelt mit den Füssen im Schlamm herum.

«He du, Vareser, wer hat dir den Prachtsrock gegeben?», ruft Ispra lachend aus dem Umzug.

«Die Frauen sind da, die Frauen sind da!», ruft und ruft der Schwachsinnige, der zur Mühle gekommen ist, um zu betteln.

Auf dem Boffalora-Platz sind es etwa vierhundert. Es ist kalt, doch ihnen ist beim Marschieren warm geworden, und jetzt scheint eine schöne Januarsonne.

Die Gemahlin des Engländers schiebt den Vorhang beiseite und blickt zum Fenster hinaus: zwischen den Ästen, von denen der Schnee tropft, die schwarzen Flecken der Zigarrenmacherinnen. Eine von ihnen steht auf einem Tischchen, spricht zu ihren Kameradinnen, wild gestikulierend: ob sie wohl auch hier anfangen, hochmütig zu sein?

Die Dame führt eine Hand vor den Mund, halb besorgt, halb amüsiert. Im Fensterrahmen tauchen die Silhouetten von zwei Gendarmen auf. Sie nähern sich zwei zerlumpten Jungen, die dort mit den Händen in den Hosentaschen unter den Leuten gaffen, was los sei, zwei, die aus dem Verzascatal fortgelaufen sind, auf der Suche nach irgendeinem Kamin zum Putzen.

Am Nachmittag kommen sie zu fünft ins Gemeindehaus: zuvorderst Ispra, dahinter eine aus Balerna, die richtig Italienisch sprechen kann und in der Fabrik das Lied von Sante Caserio singt, dann Delina – zu ihr hat ihr Mann gesagt, sie solle sich da nicht einmischen, damit sie sie nicht nach Hause schicken – und zwei Ältere mit allerlei Gebresten. Sie sind von den Kameradinnen ausgewählt worden, um mit den Fabrikanten zu verhandeln.

Die Sitzung ist kurz.

Die Patrons fühlen sich auf dem Thron und stellen ihr Ultimatum: 2.42 Franken pro Tausend Zigarren; wer sich am Samstag oder Montag wieder zur Arbeit meldet, wird wieder eingestellt, die anderen gehen sämtlicher Rechte verlustig; die Fabrikanten behalten sich jegliche Handlungsfreiheit vor, das heisst, sie können entlassen, wen sie wollen.

Doch, wie viel Zeit braucht es, um tausend Zigarren zu machen? Reichen zwei Tage? Kann man mit einem Franken zwanzig am Tag leben?

Ispra kann am Abend daheim nicht schlafen. In ihrem Kopf kehren die Bilder und die Worte jenes Tages wieder: der Marsch, die Versammlung, die Patrons mit den steifen Kragen.

Sie vergisst gar nichts, sie nicht: ihr Dasein als Anlehrtochter, die keinen roten Rappen verdient und die Zigarren der Meisterin abliefert, die Arbeit im Taglohn für ein geringes Entgelt, die Arbeit im Stücklohn auch bei Fieber, und dann am Samstag beim Grafen Reina, mit dem Korb voll gebügelter Wäsche, um einen Batzen oder eine Zitrone oder einen Apfel.

Sie kann einfach nicht schlafen und kratzt an ihrem Ausschlag in den Achselhöhlen und auf den Armen, und je mehr sie an jene Gesichter denkt, desto mehr kratzt sie sich: die machen nicht einen einzigen Rappen locker, die widerlichen Kerle. Aus Prinzip, sagen sie. Doch noch mehr Abscheu erregt in ihr das «Brav, brav ...», das der Patron zu ihr sagte und sie dabei über die Brillengläser hinweg ansah.

Wie das Gerücht sich verbreitet, es werde im Zug aus der Deutschschweiz ein gewisser Greulich eintreffen, denkt der Bürgermeister: «Jetzt kommt da der blöde Deutschschweizer, um Unfrieden zu stiften. Ich kann doch den Ort allein regieren!»

Der Deutschschweizer tritt als Erster ins Büro. Er ist gross gewachsen, mächtig sein weisser Bart, dichte Augenbrauen.

Ihm folgen der Sekretär des Tessiner Arbeiterbundes Leo Macchi und die Abordnung der Frauen.

Der *Refaciún* setzt eine eiserne Miene auf. Ihn interessiert nicht, wer dieser Greulich ist; die Arbeiterinnen brauchen keinen Fürsprech oder Verteidiger. In Chiasso genügt er, Bürgermeister und Major in der Armee.

Der Sekretär des Schweizerischen Arbeitsamtes ist auf der Versammlung der Zigarrenmacherinnen gewesen und hat viele ausgemergelte Gesichter und viele unterernährte Körper gesehen, elend gekleidet. Nun sieht er dem Bürgermeister fest ins Gesicht:

Kennen die Herren von Chiasso das Fabrikgesetz? Es sind nun schon gut dreiundzwanzig Jahre, dass sie es nicht befolgen, dieses Gesetz, die Herren Schummler!

Von der Wand herunter, über dem Schreibtisch, sucht ein Oberst mit Hängeschnauz ihn einzuschüchtern.

Dann spricht der Bürgermeister: Er will auf dieses Pack nicht ernsthaft eingehen. Doch als er den beiden Gewerkschaftern vorwirft, sie hätten einzig das Geld der Arbeiterinnen im Sinne, sieht Ispra rot und explodiert; die anderen werden bleich.

Ein paar Tage später, da Greulich, wieder zu Hause, in seiner Zeitung schreiben wird, dass die Unternehmer im Tessin zu den ungebildetsten, rohesten und gewalttätigsten gehörten, gewähren diese in Chiasso einen halben Rappen mehr bis zum dreissigsten Juni, und zweieinhalb Rappen mehr ab erstem Juli pro Tausend gefertigter Zigarren.

Der erste Streik der Zigarrenmacherinnen im Mendrisiotto hat acht Tage gedauert.

1917

Oberhalb Chiasso birgt der Hügel von Santo Stefano das, was im Geografielehrbuch als das südlichste Dorf der Schweiz bezeichnet wird: eine Gruppe von Häusern rings um eine Kirche, Meierhöfe der Herren von Lugano und derer von Como, entlang der Grenze der Faloppia-Bach.

Steigt man vom Dorfplatz aus den Pfad durch die Reben hinab, gelangt man zu den Häusern der C.: im Erdgeschoss die Wirtschaft mit dem offenen Feuer und dem Orchestrion, draussen die Bocciabahn und im ersten Stock fünfzehn Frauen, die an den «Virginia»-Tischchen sitzen; dahinter die Wohnräume der Besitzer.

«Heute ist schönes Wetter», sagt das Mädchen mit den Locken zu ihrer Nachbarin. Was so viel heisst wie: der Alte hat sich wieder an die Frauen rangemacht. Er geht auf den Dachboden, wo die Ware gelagert wird, hilft mit, den Tabak in Säcke abzufüllen, und nutzt dabei die Gelegenheit, den Frauen unter den Rock zu greifen.

So macht er es immer, der Alte, die Äuglein so glänzig wie das Haar, das in der Mitte durch einen Scheitel geteilt wird.

Durch das Fenster sieht man das Grün der Landschaft, die ockerfarbenen, roten und gelben Dächer, die Magnolie, hinter welcher weitere Frauen mit einem Haarnetz auf dem Kopf Deckblätter rollen im Betrieb des Bürgermeisters, den Weg, den einige von ihnen auch heute Abend wieder gehen werden, um nach Italien zurückzukehren.

Das Mädchen mit den Locken wird etwa zwanzig Jahre alt sein. Sie ist da, seit sie vierzehn war, doch hätte sie ihre mühsamen Lehrjahre gerne schon früher begonnen, denn ihr war lieber, Tabak aufzuhängen, mit dem Besen zu kehren, Ringbändchen auf die Zigarren zu tun, als in der Schule zu sitzen und da einfach die Bank warm zu halten; und tatsächlich hatte sie der Patron im Sommer, als sie dreizehn war, im Dorf als Serviertochter gesehen und zu ihr gesagt:

«Warum kommst du nicht zu mir runter? Ich gebe dir eins sechzig am Tag.»

Und sie, sie hängte ihre Schürze an den Rebstock und rannte in die Fabrik. Doch nur für kurze Zeit: sie holten sie zurück aus Angst vor Kontrollen. Jetzt stecken die dort ja ihre Nase überall hinein.

Das Mädchen hat dann gelernt, zu Hause Zigarren zu machen. Sie sass auf den Stufen zur Küche und fädelte die Strohhälmchen der «Virginias» ein. Morgens ging sie vor der Schule zur Fabrik und holte das Kistchen mit den Tabakblättern, das Kesselchen mit der Tabaksauce und die Strohhälmchen, am Abend lieferte sie die von der Mutter geleistete Arbeit ab. Ihre arg gebrandmarkte Mutter, ein Zögling aus dem ehrwürdigen Waisenhaus von Como, von Bauern in Pflege genommen, die sie hatten ins Feuer fallen lassen.

Manchmal half sie ihr noch nach dem Nachtessen, die Bündel fertig zu machen beim Schein der Lampe, und die Frau erzählte dabei die Geschichte von der armen, unschuldigen Ziege – ihr Vater hatte sie geschlachtet und mit dem Euter eine Suppe gemacht – oder die von den Toten, die noch nicht tot sind, die ihre Arme aus dem Grab beim Kirchlein von Santo Stefano recken und mit den Zähnen knirschen.

Die erste Zeit musste sich das Mädchen übergeben; der gärende Tabak bekam ihr schlecht.

Dann hatte sie sich daran gewöhnt, scherzte mit ihren Kameradinnen: sie luden etwa die Schachteln auf dem Dachboden vom kleinen Wagen und setzten die alte, etwas kindisch gewordene Togna hinein. Sie trugen sie herum im ganzen grossen Raum unter dem Gelächter der Frauen.

Oder sie liessen sie, längelang auf dem Fussboden ausgestreckt, die Tote spielen, und sie alle drum herum, mit einem «Toscani»-Stumpen in der Hand, als wär's eine Kerze, und sangen das *Dies irae*.

Einmal war sie hinunter gegangen in die Wirtschaft, um zu tanzen mit den jungen Männern, die gekommen waren, im Dorf das elektrische Licht einzurichten.

Zu San Pietro e Paolo steigt die Prozession bis zum Kirchlein der nichttoten Toten hinauf, von wo aus man das ganze Mendrisiotto sehen kann.

Das Mädchen mit den Locken ist mit zwei oder drei Mädchen stehen geblieben, um die Sonne und den Festtag zu geniessen zwischen der wilden Minze und dem Thymian im Unterholz.

Heute Morgen hat Don Antonio, der sonst auf die Kollekte pocht – «und die Männer sollen bitte nicht nur die Knöpfe von ihrem Hosenschlitz in den Opferstock hineinwerfen!» –, gepredigt, sie sollen ihre Seele nicht dem Teufel verkaufen; und wehe dem, der da herumgeht und die Worte des Pfarrers ausplaudert. Er wird sich vor dem Höchsten Gericht zu verantworten haben!

Der Teufel ist im Verlaufe der Woche auf dem Hügel von Santo Stefano erschienen. Er hat eine Fliege umgebunden, hat die Rote Fahne erfunden, er unterstützt die organisierten Arbeiterinnen und verlangt, dass die Löhne erhöht werden. Er heisst Canevascini. Den Mädchen gefällt er.

Doch wie sie sich nach dem Fest vor der Fabrik einfinden, um ihre Arbeit wieder aufzunehmen, finden sie die Tür verschlossen.

An einem anderen Sonntag im Juli. Das Mädchen mit den Locken zieht die schöne Schürze an und, Arm in Arm mit einer Freundin, geht sie ihre Kusine in Stabio besuchen, wo sie die Madonna herumtragen.

Sie entfernen sich plaudernd aus dem Dorf, lassen sich von den Vögeln die Ohren vollsingen, vom Grün der Zweige die Augen erquicken: Welches Geschick harrt ihrer nun, da eine neue Unruhe durch die Gässlein von Pedrinate läuft, die bislang nur von Karren voll Gras befahren wurden, mit Bauern zwischen ihren Heugabeln, von Frauen mit dem

Tragkorb auf dem Rücken, von Kindern mit blossen Füssen und dann und wann von einem herrschaftlichen Landauer, der von zwei Pferden gezogen wurde?

Die Fabriken sind geschlossen. Man macht Heu, bringt die Ernte ein, man liest die Spreu auf rings um die Dreschmaschine, die auf dem grössten Innenhof des Dorfes aufgefahren ist, von Ochsen gezogen; man bekommt Geld vom Arbeitsamt. Und man hat Zeit zum Überlegen.

Sollte er Recht gehabt haben, jener junge Mann mit der schwarzen Fliege, der von der Gewerkschaft spricht?

Und der Krieg, der in Europa ist?

Ihre Freundin, jünger als sie selbst, hat eines Morgens vor zwei Jahren die Glocken Sturm läuten hören und hat ihren Vater, der das Soldatenkleid trug, auf den Dorfplatz begleitet – er hatte den Marschbefehl erhalten. Und fertig, Schluss.

Das Mädchen mit den Locken hingegen stieg eines Samstags zum Bahnhof von Chiasso hinunter, um die Kriegsverwundeten zu sehen, und ungeachtet des Täfelchens, das ein Deutschschweizer Bahnhofvorstand fehlerhaft geschrieben hatte («E proibitto – è vietatto – quando arrivo treno-feritto, traversare la cordona senza el cartulin spezial del Croce rosso svizzero»), schlich sie sich auf den Bahnsteig bei den Gleisen, schmuggelte sich unter die überheblichen Samariterinnen der Hilfskomitees in ihrem weissen Kleid und der Armbinde vom Roten Kreuz, die unter den Zugfenstern Blumensträusse, Lebensmittel und Medikamente anpriesen: die Apothekerin und die Ehefrau des Eisenwarenhändlers, die man «von Busento» nannte, wegen ihres mächtigen Busens, mit dem sie jeweils den Wohltätigkeitstanz für die armen Kranken eröffnete, die Klavierlehrerin und die Tochter des Rechtsanwalts. Und sie stand da mit offenem Mund, in der Gewitterbeleuchtung unterm Bahnsteigdach, und sie hatte den griechischen Prinzen angestarrt, der ein bisschen kummervoll aus dem Bahnwagen stieg, sich ins Buffet erster Klasse begab mit Prinzessin, Kindern und Gefolge, um dort ein vollständiges Déjeuner zu sich zu nehmen, und gewiss an die vierzig grosse Reisekoffer in den Bahnwagen zurückgelassen hatte.

In Stabio erwartet sie ihre Kusine vor den Thermen, wo eine Kutsche mit Verdeck unter den zitternden Pappeln steht. An einem Tischchen sitzen einige Herren, die hergekommen sind, das schwefelhaltige Wasser zu trinken, Fangopackungen und Dampfbäder zu nehmen.

Auf dem Platz rennen die Kinder um die Jahrmarktstände herum, stellen sich auf die Zehenspitzen, um die *Diavolotti*, das beliebte Zuckerwerk, und die Spielzeugtrompetchen zu sehen, zerren ihre Mutter an der Hand zum Stand mit der Limonade oder zum Karren mit dem Eis. Dann kommt der feierliche Zug mit der Bruderschaft in ihren runden Hüten und den schwarzen Hängemänteln, die kleinen Messdiener mit den blauen Umhängen, dann die *Madonna von Caravaggio* mit dem Gewand aus Brokat, die jungen Frauen mit Schleier, die den Gesang der

Mitbrüder eine Oktave höher mitsingen. Drinnen, beim Psalmensingen, ist auch die *Tabacata* dabei, die vor ein paar Tagen ihren Arbeiterinnen den Hintern gezeigt hat. Es ist die Kusine, die erzählt, wie's vor sich gegangen ist.

Am Montagmorgen in der Früh, wie Moletta so daherkommt mit Erminia, sind seine Zigarrenmacherinnen auf der Hauptstrasse, und alle grölen sie los:

«Dich kennen wir ja! Wie viel hat dir der Patron gegeben?»

Moletta, dem die Augen förmlich aus den Höhlen treten, wirbelt seinen Stock herum:

«Ich werde auf den Friedhof kommen, doch sechs oder sieben von euch werden vor mir dort sein, getroffen von Revolverschüssen!»

Ich, Lucia, Cesca, Matilde, Rachele und Maria haben Schläge erwischt; er hat uns dort gegen die Mauer geworfen.

Da kommt der Bürgermeister mit den Gendarmen:
«Was gibt's?! Die Erminia hat das Recht zu arbeiten. Lasst sie in Ruhe!»

«Wir sind im Streik. Wir können keine Streikbrecherinnen brauchen!»

«Wer ist es, der euch die Köpfe heiss macht?»

«Er soll uns anständig bezahlen, der Moletta, dann bleiben wir ruhig.»

«Streiks hab ich schon gesehen, aber noch nie einen Patron seine Arbeiterinnen mit Stöcken schlagen!», schreit eine von Gaggino.

«Soll sie doch nach Italien Reden halten gehen! Ich begleite sie persönlich zur Grenze!»

Da ist Erminia in die Fabrik hineingegangen, begleitet vom Bürgermeister, während die *Tabacata* uns den Rücken zugewandt und sich auf die Hinterbacken geklopft hat.

Die dort ist auch meine Lehrerin gewesen, und zur Strafe hiess sie uns jeweils zu sich nach Hause kommen, um sich Brennholz auf den Estrich tragen zu lassen. Dann hat sie auch in der Zeitung gestanden vor einigen Jahren, weil sie die Zigarrenmacherinnen gezwungen hat, den Lohn in ihrem Laden auszugeben, statt ihn auszuzahlen. Am Samstag behielt sie zwei oder drei Frauen zurück, welche die Fussböden scheuern und Pakete zur Post tragen mussten, ohne sie dafür zu bezahlen. Sie teilte für jede Nichtigkeit Bussen aus, und das Geld wanderte zum Pfarrer für Messen.

Tags darauf waren sieben Frauen da, die hineingehen wollten; ein Gendarm packte Carolina beim Genick, als sie dastand und gegen die Streikbrecherinnen ausrief, und warf sie zu Boden. Er hat auch den Säbel gezogen. Ich blieb stehen und warf Steine gegen das Gebäude.

Dann machte Moletta, nur um nicht nachgeben zu müssen, seine Bude dicht.

Jemand sagt, es sei alles die Schuld der Balabanoff. Eine alte Geschichte, doch in Stabio erzählt man sie noch immer.

Sie hat sich vor dreizehn Jahren ereignet, im Mai, als

das Gras hoch stand auf den Wiesen und die Madonna bereit, der Schlange den Kopf zu zertreten.

Den Mädchen wollte es, wenn sie am Abend zur Andacht in die Kirche gingen, nicht gelingen, jenes Wort auszusprechen:

«Wer mag wohl diese Babalanoff sein?», und dann lachten sie los, weil *babalan* in der Mundart «Einfaltspinsel» bedeutet. Doch die Endung des Nachnamens mit dem Doppel-f schüchterte sie ein. Und nach der Predigt des Kaplans, da sahen sie sie vor sich: mit feurigen Augen wie eine Hexe beim Hexensabbat, eine *Barzabea, eine Biribina,* eine von denen, die, tobt ein Unwetter, auf die Bäume steigen und tanzen oder nachts auf die wilde Jagd gehen. Eine Abenteurerin, heimatlos, eine Weise Frau, ein Höllenschlund, aus dem gotteslästerliche Ausbrüche fahren, Fluchtiraden wider den Glauben, gegen die Religion Christi und die guten Sitten – kurz: eine Teufelin oder doch zumindest eine, die mit dem Bösen auf Du und Du steht. Das hatte der Pfarrer von der Kanzel herab gesagt.

Am Tag, an dem die russische Revolutionärin ins Albergo Sociale gerufen worden war, um einen Vortrag über «Die Notwendigkeit der Organisation der Arbeiter» zu halten und auf der Landstrasse auftauchte, da liefen auch schon Frauen und Kinder (die Männer waren fort in der weiten Welt, um ihr Brot zu verdienen) auf den erdbraun werdenden Wegen zusammen, schlugen auf Petrolkanister und bliesen auf Trompeten. Als sie dann auf den Platz trat, waren es bereits über vierhundert.

Auf dem Kirchplatz verteilte der Kaplan leere Blechkanister und wies sie an, draufzuschlagen und laut zu schreien. Doch in diesem Augenblick erschien der Schulinspektor. Ob er sich denn nicht schäme, er, ein Diener Gottes, die Kinder auf diese Art und Weise aufzuhetzen?

Die Menge lärmte, bis schliesslich jemand noch lauter rief, und sie sich allesamt auf den Weg zum Albergo Sociale machten, wo sie die Tür mit Hieben aufzusprengen versuchten. Eine Waage flog über die Köpfe hinweg. Die Balabanoff hatte sich ins Haus eines Sozialisten geflüchtet, wo sie ihren Vortrag vor etwa fünfzig Leuten hielt, als plötzlich alle Glocken des Ortes wie entfesselt zu läuten anfingen und man Schläge gegen Tür und Fenster vernahm und wildes Geschrei hörte:

«Nieder mit den Sozialisten!»

«Wir wollen dich nicht haben!»

«Fahr zur Hölle!»

Sie bewarfen das Haus des Gobbi mit Steinen, und ein Brocken traf den Kopf eines kleinen Kindes, das neugierig gerade über den Hof lief, während die Russin von der Emanzipation der Frau sprach und erklärte, dass ohne die Organisation eine Befreiung des Proletariats nicht erreicht werden könne.

Kaum war sie fertig, da ging sie über die Felder wieder fort, weil der Protest sich nicht legte. Einer der Genossen, der sie begleitete, versuchte, als er Tonio dell'Orso wie einen Verrückten hinter einem offenen Portal schreien sah, ihn zu fassen und zum Schweigen zu bringen, doch der schloss das Portal und schlug ihm die Zähne seines Bärengebisses in den Arm.

Angelica Balabanoff ging, klein und entschlossen, mit ihrem Ideal durchs hohe Gras, das in Halbschatten getaucht war. Aber noch war es nicht fertig. Auch am Ausgang des Ortes erwarteten sie Schreie und wurde sie angespien, und im Wagen befand sich eine Büchse voll Exkremente.

«Unterdessen geben die drei Musketiere in Pedrinate nicht nach», schreibt die *Libera Stampa*.

In den Zeitungen des Kantons, auf den Strassen und in den Wirtschaften spricht man von Boykott: Kauft ausschliesslich die Zigarren derjenigen Betriebe, die die Organisation anerkennen! Unterschriften der Solidarität werden gesammelt.

Mitte August kommen sieben Mädchen mit Bündeln und Koffern den Hügel herunter zum Bahnhof von Chiasso, begleitet von ihren Müttern, Freunden und Kameradinnen. Sie reisen weg zu einer Munitionsfabrik in La Chaux-de-Fonds, was für sie so viel bedeutet, wie nach Sibirien zu ziehen. Doch gibt es dort wenigstens fünf Franken im Tag und eine Arbeitswoche mit freiem Samstagnachmittag. Der Bund schiesst die Reisekosten vor, verschafft Unterkunft und Verpflegung.

Diejenigen, die bleiben, erhalten den Unterstützungsbeitrag jeweils am Samstag unter der Eiche von Santo Stefano, von dem jungen Mann mit der schwarzen Fliege.

An einem Samstag geht da der Sohn des Bürgermeisters vorüber, das Gewehr geschultert, und wie er diese arbeitsscheuen Frauen sieht, steigt ihm das Blut zu Kopf, und er fängt an gegen die Roten wettern. Dann geht er Fasane schiessen.

Die Betriebsinhaber rufen die Zigarrenmacherinnen zu sich nach Hause und stellen Löhne in Aussicht, die höher sind als die, welche man im Juni gefordert hatte: Man soll nur an die Arbeit zurückkehren und sich nicht von fremden Leuten an der Nase herumführen lassen … Sie wüssten es doch, dass sie's haben können, wie sie wollen: auch nur halbtags in die Fabrik gehen, wenn sie auf dem Feld zu arbeiten haben, oder zu den Kindern zu schauen … oder aber die Zigarren daheim machen …

Andere Frauen kommen vom Hügel herunter und kaufen eine Fahrkarte nach La Chaux-de-Fonds, bis dann Ende September, nach drei Monaten Arbeitskampf, die Fabrikanten das Recht sich zu organisieren anerkennen.

1920

Der Monat Juni bringt Dorffeste mit Tanz und sportlichen Wettspielen ins Grenzdorf. Am Donnerstag Chiasso – Pedrinate für Motorräder: weisse Wolken auf der ansteigenden Strasse und Kinder, die mit den Grashüpfern im Gras kauern, um die «Motosacoche», die «NSU», die «Salorea» oder die «Sunbeam» in der Kurve zu sehen. Dann das Radrennen mit der Doppelschleife der Passeggiata, der «Langsam-Wettbewerb» in der Via Internazionale. Nach den Rennen geht man mit den Stahlrossen in die Grotti von Poiana am Seeufer.

Mitgliederausflug auch für die Liebhaberbühne in San Maurizio di Brunate. Reise samt Mittagessen fünf Franken. Doch fünf Franken, das bedeutet einen Tag Akkordarbeit für eine Zigarrenmacherin, für eine mit Taglohn beinahe zwei.

Die Patrons denken nicht daran. Ihnen genügt es, die Dividenden zu kassieren. Und den Frauen, die aus den Dörfern kommen, bezahlen sie sogar die Fahrkarte für die Strassenbahn. Was wollen sie mehr?

In der deutschen Schweiz dagegen bekommen die Akkordarbeiterinnen zwölf Franken für tausend Zigarren.

«In keiner anderen Gegend der Schweiz, wenn nicht gar, wie wir meinen, der ganzen Welt, mussten die Arbeiterinnen unter solch jämmerlichen Bedingungen arbeiten …!

Schluss jetzt damit, einzig für den Sarg zu arbeiten …!», donnerte am Samstag der Anwalt im Volkshaus vor den versammelten Zigarrenmacherinnen.

Zahlreich waren sie gekommen mit der vom Gestank des gärenden Tabaks durchtränkten Schürze – von weitem riecht man es, dass eine Zigarrenmacherin vorüber gegangen ist! – und mit Händen, schrundig von lauter Deckblattrollen. Gelbe Gesichter, weil sie sich unentwegt bis auf die Knochen abrackern mussten, nicht nur den lieben langen Tag in der Fabrik und vielleicht am Abend noch für die Zulagen – und dann am ersten Mai bezahlt der Patron die Limonade. So ist es, das Fest der Arbeiter! – auch zu Hause oder auf dem Feld, wo es stets etwas zu tun gibt, sei es, die Tabakblätter auf Schnüre aufzuziehen, sei es, den Mais auszuschälen oder Kartoffeln zu hacken oder die Wäsche am Bach zu waschen.

Zwei Tage später hört man unter den Fenstern der Manufaktur an der Via Vacallo rufen. Dann schlägt ein Stein die Scheiben ein und streift Ernestina, die an ihrem kleinen Arbeitstisch sitzt. Ist er für Herrn Elvezio bestimmt, für die Gelben – die christlich- sozialen Gewerkschafter –, für das Mädchen vom Wohlfahrtsheim Bonomelli oder für die Frau aus Uggiate, die Tag für Tag zu Fuss den langen Weg macht und sich den Organisierten nicht anschliesst?

Der Inhaber rennt und wirft den Stein in die Gruppe der schreienden Frauen zurück.

Unterdessen öffnet ein Mann, gefolgt von zwei, drei

streikenden Frauen, das Portal, doch der Patron packt die eine und wirft sie gegen den Stapel von Schachteln, die in einer Ecke des Innenhofs lagern. Da gehen sie alle auf Herrn Elvezio los.

Die Zigarrenmacherinnen erscheinen nun auf dem Balkon, um das Durcheinander zu sehen:

«Hinaus, es herrscht Streik!», rufen die von unten. «Alle Betriebe streiken!»

Endlich, als der Kommissar mit drei Gendarmen eintrifft, wird die Arbeiterabordnung eingelassen.

Vor der Manufaktur, auf dem Steinpflaster einer der Hauptstrassen, wartet ein Lastwagen mit den Frauen. Eine von ihnen schwenkt die Rote Fahne. Einige stricken.

«Raus mit den Streikbrecherinnen!», ruft man.

Ernestina hat sechzig Franken bekommen, damit sie an ihrem Arbeitstisch sitzen bleibt. Sie kommt von Vacallo her mit ihrem Brot und Speck. Und die Mutter – auch sie pflegt nach Chiasso hinunterzusteigen mit ihrem Korb voller Tomaten, Wirz, Petersilie oder Maiglöckchen – sagt zu ihr daheim: «Geh nicht mit denen da. Geh arbeiten, denn sie geben dir Geld ...»

Der Vater sagt nichts. Er sitzt in einer Küchenecke in seinem Rollstuhl. Er hat den Weltkrieg mitgemacht und ist mit nur einem Bein heimgekehrt, doch mit dem Hut der *Alpini*, der Alpenjäger; den zeigt er allen.

Nun wird in fast allen Tabakfabriken des Tessins gestreikt.

In Chiasso schlägt ein Herr in steifem Kragen mit seinem Stock auf das Pflaster der Via Centrale. Er eilt zum Polizeiposten. Hier besteht er darauf, dass den italienischen Zigarrenmacherinnen, diesen Erzaufwieglerinnen, die in den Betrieben am Ort arbeiten, die Einreisebewilligung verweigert wird. Sollen sie doch demonstrieren, soviel sie wollen, bei sich zu Hause, in ihrem eigenen Land.

So denken in der Tat auch die Behörden in Bellinzona, und das Spiel ist gelaufen: dreihundert Frauen werden an der Grenze zurückgewiesen.

Unterdessen machen die Zigarrenmacherinnen von Chiasso die Runde in den umliegenden Dörfern. Sie gehen zu Fuss, gemeinsam mit den Maurern, die ebenfalls im Streik stehen, sie singen und treiben die Streikbrecherinnen aus ihren Betrieben. Oder sie fahren auf dem Lastwagen. Es ist wie ein Fest.

Und die Arbeiterabordnungen erhalten die Erlaubnis, in die Betriebe hineinzugehen, was gewöhnlich ohne Zwischenfälle abläuft. Doch in Stabio steht die Besitzersfrau hinter dem Fensterladen und spioniert den Frauen nach, die die Einfriedung ihres Gartens übersteigen, sie nimmt den Telefonhörer in die Hand: «Sie sind da, sind bewaffnet, haben gesagt: ‹Greifen wir zu …!›»

Eines Abends findet in Vacallo auf dem Platz eine Kundgebung statt.

Die Parolen auf dem Boden des Kirchplatzes brennen in den Ohren von Ernestina, die kürzlich in der Fabrik ihren

Arbeitsplatz bei den Toscani nicht verlassen wollte und die jetzt hinter den blühenden Lindenblüten verborgen bleibt: «… nationaler Vertrag … Tabakmagnat … abgelehnte Ferien … entlassen …»

In Novazzano haben sie Angelina und zwei oder drei andere aufgestellt, um Posten zu stehen. Sie sitzen auf einer kleinen Bank, neben dem Portal. Die Ladeninhaberin behält sie durch das kleine Schaufenster, das gerade gegenüberliegt, im Auge. Gestern hat sie Leute gesehen, die Steine schleuderten gegen die Fenster von Massimo, der will, dass sich Frauen unterordnen, und der, wenn er einen Schulbesuch macht, den Schülern sagt: «Lernt nicht! Es lohnt die Mühe nicht!» Tatsächlich dürfte er in der Schule kaum über die Seite B wie «Büffel» hinausgelangt sein …

Da kommen zwei und gehen hinein, die blöden Gänse! Die eine ist die Schwester des Professore, die andere die Frau des Schmieds, zwei, die es nicht nötig haben.

Angelina sagt: «Hört zu! Wozu sind wir denn nur da! Hingehen und sie stellen, das schaffen wir nicht … Gehen wir heim.»

Die andere: «Die sollen selber zusehen. Es ist ja egal. Auf uns hören die doch nicht, oder?»

Wie der Lastwagen mit den Frauen eintrifft und einen heillosen Wirrwarr stiftet, bekommt es Angelina mit der Angst zu tun und geht nach Hause.

Gestern ging sie nach der Versammlung im Volkshaus

im Umzug nach Chiasso, doch wenn sie sich hätte in ein Loch verkriechen können, sie hätte es getan.

Nachher hat ihr Schatz, der Ausläufer in einer Speditionsfirma und ständig unterwegs ist, zu ihr gesagt:

«Ich habe dich am Umzug gesehen.»

«Und ich habe mir solche Mühe gegeben, mich zu verstecken, damit man mich nicht sieht!»

Er begleitet sie. Er erzählt ihr das Neueste, was er gehört hat: dass der Patron den Revolver gegen die Streikenden gezogen habe.

Anfang Juli verlässt der *Refaciún*, der Alt-Bürgermeister des Ortes und nunmehr Ständerat, Major in der Armee, Aufsichtsrat der *Banca della Svizzera Italiana*, Präsident der *Elektrischen Strassenbahnen des Mendrisiotto* AG, Aufsichtsrat der *Tessiner Tabakwarenindustrie*, sein Haus und macht sich besorgt auf den Weg zur Fabrik in der Via Lavizzari. Die Arbeitskammer hat «beim ersten Akt der Regierung und ihrer Sicherheitsorgane im Dienste der Herren Tabakwarenfabrikanten» mit Generalstreik gedroht; zum Glück finde demnächst das Kantonale Turnfest statt, eine prachtvolle Demonstration von Kraft und Schönheit, gleichsam ein erquickendes und reinigendes Bad, in das das Volk eintauchen werde, um diese hässlichen Geschichten zu vergessen. Zuerst das Wiegenfest der Heimat mit der Rede auf dem Platz, dann also das Turnfest, und in der zu dieser Gelegenheit aufgebauten Kantine würde man die Operette *La Gran Via* aufführen, und das mit einer Sopranstimme, die eigens aus Como herkomme. Da werden sich genügend Gelegenheiten zu Vergnügungen bieten. Die Leute vergessen rasch.

Vor dem Tor der *Industria* steht der Direktor und, nicht weit entfernt, eine Gruppe von Frauen auf Kontrollgang. Der *Refaciún* bleibt stehen und sieht sie an; die Uhrkette glänzt auf seinem Bauch.

«Ihr Schamlosen! Geht nach Hause an euren Strickstrumpf und kommt nicht her, um unsere Interessen auszuhorchen! Das werdet ihr bis in die Zehenspitzen bereuen!»

Die Besitzer gehen von Haus zu Haus, um die Unterschriften jener Arbeiterinnen zu sammeln, die bereit sind, ihre Arbeit wieder aufzunehmen, und zwinkern dabei den Christlichsozialen zu. Diese akzeptieren nämlich ihre Bedingungen, und am zwölften Juli marschieren sie im Umzug der Folgsamen von Balerna nach Chiasso, immer vier und vier wie Soldaten, unter ihnen auch Ernestina, die Angst hat davor, verdroschen zu werden.

Am selben Nachmittag geben die Fabrikbesitzer am Verhandlungstisch in Bellinzona nach: Erhöhung der Löhne, Achtundvierzig-Stunden-Woche und insbesondere keinerlei Repressalien.

Nach diesem Übereinkommen defilieren sechshundert Zigarrenmacherinnen durch die Strassen von Chiasso, zusammen mit den Maurern, die an der Erweiterung des Bahnhofs arbeiten. Sie singen «Bandiera rossa», rufen «Sieg!» und gehen die Italienerinnen umarmen, für die endlich die Grenze wieder geöffnet worden ist.

Dann alle gemeinsam zur Versammlung und ein Erinnerungsfoto im *skatingrink* des Hotels Colonne, das nun, doch nur für kurze Zeit, seinen Namen geändert hat in *Volkshaus – Maison du peuple – Casa del popolo.*

In der Fabrik

Im Betrieb erlaubt der Patron, dass gesungen oder der Rosenkranz gebetet wird. Heimlich liest die Mutter von Vezio zuweilen aus einem Liebesroman vor; eine jede gibt ihr dann eine Zigarre für die Zeit, die sie darob verloren hat.

Am 1. August darf man hinter der Fensterbrüstung mit dem Schweizer Fähnlein winken, niemals mit der roten Fahne: ihre Stimme haben die Bolschewiken schon hören lassen – jetzt reicht's. Die Zeiten der Umzüge und Versammlungen sind vorbei.

Um 1923 herum gab es in der Tabakwarenindustrie eine Krise, die zur beinahe völligen Schliessung der Fabriken führte.

Bei der Wiedereröffnung kehrten die Zigarrenmacherinnen der Organisation den Rücken: sie gaben sich mit Hungerlöhnen zufrieden und balgten sich um Überzeit. Einige sagten, sie wären auch für einen Franken im Tag und eine Ohrfeige des Patrons am Fabrikausgang obendrein arbeiten gegangen.

Fast immer ist es Ernestina mit ihrem Mittelscheitel, die mit dem Rosenkranz beginnt, eben die, die vor vielen Jahren am Tag der Wallfahrt zur Madonna del Sasso das Gelübde abgelegt hat, am Samstag nie einen Apfel zu essen, sodass es einmal geschah, dass sie, nachdem sie vierzig Tage wie tot im Spital gelegen hatte, kaum aus dem Koma erwacht, fragte: «Ist es Samstag?», einzig und allein, um zu wissen, ob sie den Apfel essen durfte.

An die sechzig Frauen sind in dem grossen Raum. Sie sitzen an ihren Arbeitstischchen. Jede hat ihre bestimmte Aufgabe: Die *spuiadura* löst die Rippen aus den Blättern, die in grossen Bottichen im Keller im Ferment gelegen haben, um aufgeweicht zu werden; die *presadura* legt die Blätter eines aufs andere und presst sie mit den flachen Händen; die *taiadura* schneidet mit einem Rädchen aus den gepressten Blättern die Deckblätter aus und wirft sie der *zigadera* hin, die das Deckblatt mit Tabaksauce einreibt (Mehlleim, Wein, Essenzen … jeder Betrieb hat sein Fabrikationsgeheimnis), legt sodann den *burlùn*, den eigentlichen Zigarrenkörper darauf, rollt ihn mit der flachen Hand ein und bekommt so den *toscano*. Für die *Virginia* dagegen braucht es unfermentierten Tabak, und in den Halm aus Roggenstroh im Inneren des *burlùn*, der dem Raucher als Mundstück dienen wird, muss man eine dürre Reisgranne einziehen.

Die Zigarrendreherin macht Päckchen zu je fünfundzwanzig Stück und schnürt sie mit Hilfe der ausgebrochenen Blattrippen. Am Abend kontrolliert die Meisterin sie, wägt sie, prüft sie mit einem Fingerdruck, und sind welche nicht in Ordnung, weist sie sie zurück. Alles vergebliche Zeit und Müh. So bleibt denn nicht eben gross Gelegenheit, auf den Abort zu gehen, denn, wird die Arbeit unterbrochen, wer leistet sie dann, die achthundert Stück, das Tausend im Tag? Nicht einmal mit Hilfe von hundert Rosenkränzen. Die Erfahreneren kennen ja ihre Schliche. Wenn die Meisterin den Toscano zurückweist, flicken sie ihn mit einem neuen Deckblatt und flüstern dabei:

«Schmier, schmier.»

«Wenn geschmiert ist, so rutsche ich von hinnen ...», wie der Vater von Argenta nach der Letzten Ölung sagte, als man ihn auf dem Zuckersack liegend in der Limonadenfabrik fand, wo er noch mit siebzig Jahren schuftete, während der Sohn des Inhabers irgendwo in der Schweiz sich von Frauenzimmern das Geld aus der Tasche ziehen liess.

Es gibt zwei Arbeiterinnen, die die erlesenen und zugespitzten Zigarren in die *capiöo* legen und sie auf den Estrich tragen, sie dort auf Tischen auslegen und den Ofen anmachen, um sie zu trocknen.

Zum Schluss verfertigen die von der Spedition, die sich als etwas Besseres vorkommen, weil sie sich die Hände nie schmutzig machen, die Schachteln für den Versand.

Der Montag ist der Tag des Heiligen Arbeitius: Man schafft sechzehn, achtzehn Bündel, Augen und Herz noch voll vom Kirchweihfest von gestern, von der Fröhlichkeit bei Schlagrahm oder wenigstens in Milch getunktem Hirsebrot oder auf eine Schnur gefädelten Kastanien. Kurz bemessene Freiheit, genossen für Stunden nur, Traum oder Pein, die einem durch den Sinn gegangen sind. Und ein Mädchen weint, an den Arbeitstisch gelehnt, weil der

Schatz sie verlassen hat («Ist der fort, kommt ein anderer, frischerer!» kommentiert die Nachbarin); eine andere ist noch völlig aufgewühlt wegen des Mannes, den sie aus dem Gebüsch hat hervortauchen sehen, die Hose heruntergelassen, und der sie verfolgt hat, um sie unterwegs flachzulegen.

Dann steigert man den Rhythmus und kommt auf dreissig, zweiunddreissig Bündel. Es kommt auf die Qualität des Tabaks an. Eine aber gibt es da, die ist besonders flink; die bringt sogar fünfundvierzig Bündel am Tag zustande.

Unter den Arbeiterinnen mit Schürze und Haube, die an den Toscani-Arbeitstischen sitzen, ist auch Agnese, die vor ein paar Monaten Carlo kennen gelernt hat. Seine Schuhe, die eines Angestellten, haben ihr sogleich gefallen. So hat sie seine Einladung zum Roten Ball angenommen und hat ihn dort vorn vor allen anderen stehen sehen – ein stattlicher Mann! –, um die Ankunft des Regierungsrates Guglielmo Canevascini, des Bolschewiken, anzukündigen. Auch wenn es sie, wollte sie ehrlich sein, nicht sonderlich interessierte, dass der Carlo in Wien unter der Fahne Matteottis marschiert war, so bewunderte sie halt doch seine polierten Schuhe und die Krawatte.

Die Kameradinnen sagen: «Du hast Glück, einen Angestellten zu heiraten!» Agnese denkt darüber nach, während sie Deckblätter aufrollt und auf ihre Verlobungsuhr schielt.

Sie versucht auf der Toilette den Lappen anzufeuchten,

damit die Finger schneller gleiten und das Fünfundzwanziger-Bündel rascher fertig ist. Aber wehe, wenn man sich dabei erwischen lässt und die Toscani hernach Schimmel ansetzen und der Patron herumlärmt, sich dem Tisch nähert, die Finger der Mädchen erzittern lässt und ausruft: «Was tust du da, du Tolpatsch!»

Gott weiss, wie Maria es anstellt, bis zu tausendzweihundert Toscani im Tag zusammenzukriegen ...

Sie denkt an jenen Angestellten, der sie am Abend bis zum Hof begleitet, wo sie daheim ist zusammen mit ihren Eltern und dem Bruder. Fein sieht er aus, besser als jener andere junge Mann, der sterblich in sie verliebt war. Aber krumme Beine hatte der! Und Schuhe mit Gummisohlen, und er blieb jeweils stehen, um rasch hinterm Gebüsch zu pinkeln. Aber – ob man ihm trauen darf? Jene Geschichte da mit der Giovanella ...

Sie hatte sie eines Tages in der Fabrik gehört von einem, der immer alles weiss. Wieder zu Hause, stieg sie sogleich in ihr Zimmer hinauf, nahm die Feder vom Nachttischchen und schrieb einen Zettel, in dem sie sprach vom Verlassen, das kein Bedauern verdient. Als jedoch der Angestellte ihr mit einem vierseitigen Brief in fast gotischem Stil antwortete und ironisch von seinem «freizügigen, liederlichen Herumtreiberleben» sprach und sich gegen die Anschuldigungen der Treulosigkeit verwahrte, da gefiel ihr auch jene Schrift, so elegant und leicht wie die Lackschuhe: eine Schrift für Zollbescheinigungen oder für Sitzungsprotokolle des Fussballclubs, und aus dem Geschnörkel der

Grossbuchstaben vermeinte sie ein Zeichen des Schicksals herauszulesen.

So verzieh sie ihm die Geschichte mit Giovanella und tat so, als habe sie die Postkarte mit dem Riesenrad im Prater, welche ein Wiener Mädchen dem Angestellten nach dem Kongress der Sozialistischen Jugend geschickt hatte, gar nicht gesehen, eine Karte, von der Agnese einzig das Wort «Schatzeli» in Erinnerung behalten hat und von der sie einen Augenblick lang geargwöhnt hatte, sie sei parfümiert.

Nun ist sie lediglich ein bisschen in Sorge, weil er mit Freunden die Wirtshäuser abklopft. Für eine Wette ass er tausend *gnocchi*. Einmal schlief er im Loch unter dem Glücksrad ein, nachdem er den *fiasco* gehöhlt hatte, der zum Preis für das Wohltätigkeitsfischen bestimmt war; und dort, in der Fabrik, zwischen einem Toscano und dem nächsten, da geriet das Bild vom Angestellten mit den Schnörkeln in Widerspruch zu dem vom jungen Mann, der allzeit gerne bereit ist zu trinken, zu singen, auf jedem Fest Mandoline zu spielen und in schlimmen Zeiten nachts aufzustehen, um mit seinem Vater aus den Gärten der Nachbarn Kartoffeln stehlen zu gehen oder Schmuggelgut zur Grenze zu tragen.

Von Kind auf hat Agnese gearbeitet, noch als sie mitten in den Wiesen im Quartier von Boffalora wohnte, in einem finstern Haus mit den Kartoffeln unter der Treppe, der Küche, von der aus man direkt in den Stall gelangte, mit den Kammern oben und dem Raum mit der Seidenraupenzucht, mit dem Bach draussen, wo ihre Mutter die verlausten Leintücher der Emigranten wusch: Florinda, sie rubbelte sie mit Seife und «Ellbogenöl», hing sie der Breggia entlang zum Trocknen auf. Hatte sie dann den Tragkorb bepackt, lud sie ihn sich auf die Schultern und lief durch die ganze Hauptstrasse zum Wohlfahrtsheim *Pia Opera Bonomelli Pro Emigrante* neben dem internationalen Bahnhof, von wo die aus dem Süden in ihren Barchenthosen nach einem Zwischenhalt, zusammengepfercht in Drittklasswagen mit vier Rädern wie Güterwagen, weiterreisten hin zu Arthritis, zu Silikose, indes ein paar Wagen weiter vorn die Misses eine Wärmeflasche bekamen, um sich ihre Füsse warmzuhalten während der Fahrt durch den Gotthard.

Der Tragkorb wurde später von einer Schubkarre abgelöst, bis eines Tages ihr Mann ihr ein schönes Wägelchen zimmerte und es grün anmalte. Agnese half ihr manchmal, das grüne mit Wäsche beladene Wägelchen zu den Schwestern des Bonomelli-Wohlfahrtsheimes zu schieben, oder dann ging sie den Kunden die Milch austragen, während ihre Mutter Wäsche wusch oder sie aufhängte.

An einem Sonntag im Sommer war das Mädchen unterwegs stehen geblieben, um sich die Stiefelchen mit den Schnürsenkeln, die sie störten, auszuziehen; sie liess sie über die Schultern baumeln, das eine auf der einen, das andere auf der anderen Seite herunterhängen – und weiter mit den Milchkesselchen zu den Herrschaften der Villa

Ida. Da kommt der Melano, dieser Esel, auf seinem Fahrrad herangefahren, vielleicht schon etwas geladen mit «Hafer», und überfährt sie, und sie schlägt mit dem Kopf auf das Pflaster, ohne dass er auch nur anhielte, um nachzusehen. So musste denn der Pa'Vincenzo die kleine Agnese fast einen Monat auf seine Schultern laden und zum Doktor mit den Sportsocken bringen – eine Qual; aber trotzdem kaufte er ihr danach jeweils Glasperlen zum Auffädeln oder Bonbons, die aussahen wie Erdbeeren.

Vom Haus inmitten der Wiesen aus hat Agnese den Pa' in Erinnerung behalten, wie er sonntags nach dem Wein, dem Bocciaspiel und dem Singen in der *Osteria della bergamasca* spät heimkehrte, erinnert sich an den jüngeren Bruder, der eines Abends – die Eltern waren nicht im Haus: die Mutter draussen, die Kuh zu melken, der Vater versunken in der *Arpa d'oro* aus *Nabucco* – mit seinem Gesichtchen auf den Ofen fiel; sie erinnert sich an Mama Florinda, die an manchen Abenden Pa' Vincenzo, der nicht einmal mit Hilfe eines Glases ein O zu malen imstande war, beibrachte, den Namen zu schreiben.

Das Leben in der Fabrik fing mit fünfzehn Jahren an, als das Mädchen eben begann, nähen zu lernen, und ihre Mutter sagte:

«Jetzt bin ich in Erwartung. Ich kann nicht mehr Zigarren machen gehen. Geh du an meiner Stelle.»

Sie hätte laut herausheulen können wie ein Schlosshund. Sie musste ihren Traum, Herrenhemden zu nähen, begraben und in einer Tabakmanufaktur mitten unter älteren Frauen, die von jenseits des Ponticello kamen, anfangen. Am Morgen die Lauge im grossen Kessel über dem Ofen: man muss sie gut umrühren und aufpassen, dass sie nicht ins Feuer tropft; dann dem Hauswart die Zigarrenkisten transportieren helfen, die Bündel zusammennehmen und sie der Meisterin abliefern, die missratenen Toscani den Zigarrenmacherinnen zurückbringen; am Abend den grossen Raum kehren, den Abfall auf einen Arbeitstisch legen; am nächsten Morgen die Reste durchsehen und die noch verwendbaren Tabakteilchen aussortieren.

Mit siebzehn Jahren wechselte sie die Fabrik. Jetzt brauchte es alle vierzehn Tage ein Paar Zoccoli, um bis zum *Polus,* einem Betrieb ausserhalb des Ortes, zu gelangen. Im Sommer liess die Sonne die Minestra im Kesselchen sauer werden. Da ging die Mutter zu *Milliet & Werner* und kaufte ihr einen kleinen risottofarbenen Sonnenschirm. Sie gewährten ihr einen grossen Rabatt, weil niemand den Schirm haben wollte, eben wegen jener Farbe, die etwas heller war als die Hände am Ende eines Arbeitstages – du kannst sie noch so lange unter den Wasserhahn halten, weiss werden sie nicht; dazu braucht es Natrolin und wenn das Mädchen an den Baugerüsten vorüberlief, riefen die Handlanger:

«Da kommt die mit dem gelben Sonnenschirm, die mit dem gelben Sonnenschirm kommt!» Und vor lauter Scham war sie kaum mehr imstande zu gehen.

Eines Tages rief sie der Advokat zu sich ins Büro und sagte zu ihr, sie sei ein sogenannter Kurier. Es sei an der Zeit, dass sie aufhöre, die Frauen zu warnen, wenn der Patron im Anzug sei. Und er gab ihr zwei Tage Strafe.

Da ging Agnese wieder in Chiasso arbeiten.

Im grossen, niedrigen Raum, da ist die rote Gina neben der Agnese, eben die, welche gerade in Como war, um eine Fotografie zu ihrem Zwanzigsten machen zu lassen, einen Strauss künstlicher Blumen in der Hand. Ferner ist da Jole, die den Kronprinzen Umberto auf der Piazza Cavour gesehen hat, Ambrusina, die auch mit Fieber noch arbeitet, um das Federbett zu kaufen. (Vierzehn Tage vor den Feiertagen wird sie aus dem Haus gehen, wenn es noch dunkel ist, damit sie um sechs im Betrieb anlangt, verfroren wie die Truthähne, die, um zarter im Fleisch zu werden, vor den Fenstern hangen, einzig um ein paar Bündel mehr zu schaffen und die hundert Franken, die da vorn an der Schürze baumeln, heimzubringen.) Da ist Teresín aus Balerna, die der Schatz eines sozialistischen Lehrers ist und manch andere, eine jede von ihnen mit ihrer Geschichte: Milia hat mit zwölf Jahren in einem Kleinbetrieb angefangen mit zwei Batzen im Tag und einer blau-weiss kleinkarierten Schürze, die sie zum Namenstag des Patrons geschenkt bekommen hatte. Ida kommt aus der Gegend von Stabio, einem Hexenland (doch sie glaubt nicht daran: der Herr wird doch nicht seine Geheimnisse um einen Batzen verkaufen!). Heute früh ist sie vor dem Morgengrauen aufgestanden und hat vor den «Kreuzen der Bittgänge» ihre *Oremus* hergesagt und die Litaneien, welche Pest, Hunger, Blitz, Hagel und jegliches Übel fern halten. Und doch ist ihre kleine Schwester am Mutterkorn-Brand gestorben: «Ihr wart so viele», kommentiert Jole und hebt ihren Kopf, «die eine oder andere musste ja ausgemerzt werden.»

Zu Mittag wärmten sie im Esssaal die Suppe auf, kämmten sich. Dann stülpt sich Tete seine Eisenbahnermütze mit den drei goldenen Streifen auf den Kopf (ja, die Stelle bei der Bahn!), und nach dem Essen fängt er mit den Mädchen zu tanzen an, während jemand mit Hingabe auf der Mundharmonika spielt. So haben sie es ein bisschen lustig.

Da ist auch die schwarze Martina, deren Vater ein Afrikaner sein muss, Emma, Genia mit den schielenden Augen; Isolina ganz abseits mit den Ärmsten, die Brot und Eingemachtes isst und dabei Strohhalme einfädelt, um keine Zeit zu verlieren; Annunciata, die in Erwartung ist, doch der Zollbeamte hat sich verdrückt und sie hier sitzen lassen mit diesem Bauch, den sie gerne verstecken würde.

Ein paar kommen zu Fuss aus den Dörfern um Chiasso, einige wenige mit der Strassenbahn oder dem Postauto, sie halten den Korb fest mit dem Kesselchen Suppe oder mit der Tasse Reis, den Kastanien und der Tafel Schokolade, die der Vater, ein Maurer, im Korb mit der schmutzigen Wäsche aus Le Locle geschickt hat. Am Abend, auf dem

Heimweg, setzen sich die Schwestern aus Genestrerio, sobald sie bei den *Tanacce* angelangt sind, dicht zu den anderen Frauen und beginnen den Rosenkranz zu beten aus Angst vor den Steinbrüchen voller Schatten und Geraschel und vielleicht auch vor der Erscheinung jenes Maultieres, dem Martino das Blut ausgesaugt hat. Wieder andere, nämlich die aus Italien, gehen jeden Morgen über den *Ponticello,* die kleine Brücke, und schmuggeln ein paar Kilo Reis; andere kommen aus dem «Wohnblock des Sports» – im weiten Innenhof einige leere Flaschen, grosse Kartonschachteln, Fahrräder, die am Mäuerchen lehnen unter den Platanen mit ihren durchbohrten Herzen –, oder sie kommen aus den Häusern von Boffalora mit dem Abort auf dem Balkon oder aus den alten Innenhöfen längs der Via Centrale.

Nur Pina wohnt hinten im Tal und steigt jeden Morgen über die steilen Alpwiesen herunter, die im herben Licht des Morgengrauens erwachen, und sie denkt an ihren Sohn, der zu dieser Stunde noch schläft im Waisenhaus von Como: an jenem Tag, an dem der Kaufmann sie hereingelegt hatte – es war zu Mariä Himmelfahrt und man hörte die Spieler aus Morbio auf der Handharmonika spielen –, da hatten die Verfluchungen mit Schande und Beleidigungen angefangen. Ihre Verwandten, gewiss, sie hatten ihn schon zur Rechenschaft gezogen: Du hast die Suppe eingebrockt, also löffle sie jetzt auch aus! Doch er – rein gar nichts. Er ist ein Holzhändler. Da sagte Pina: «Wenn du mich nicht heiraten willst, schlag mich tot!»

Und er drauf: «Wär ich nur sicher, ungeschoren davonzukommen.»

Diese Gewissheit hatte hingegen ein paar Jahre zuvor der Sohn des Bürolisten, der ein armes Ding von kaum mehr als sechzehn Jahren geschwängert hatte, Tochter von Italienern, welche hereingekommen waren mit geschulterter Sense. Er hatte sie an einem Sonntagnachmittag genommen, als sie mit dem Geisslein draussen war auf der Alp.

Dem Bürolisten fiel nicht im Traume ein, solch ein Stinkerchen im Haus zu haben: Umso schlimmer für das Kind, möge es halt selber zusehen …

Da suchte er im Wald über dem Dorf eine wilde Buche aus, auf die sie mit ihrem Siebenmonatsbauch hinaufklettern könnte. Als sie an Ort und Stelle waren, war es fast dunkel. Er legte ihr den Strick um den Hals, atmete noch ein letztes Mal ihren Duft ein, sah ihre grossen Augen voller Todesangst in dem Ziegengesicht, ging unter den Ast daneben und machte die eigene Schlinge. Sie hatten einander geschworen, gemeinsam zu sterben.

Auf drei liess das Mädchen sich fallen und brach sich das Genick; er floh mit seinem Stück Seil, ohne nach der baumelnden Schürze zurückzuschauen.

An Pinas Seite sitzt, in Gedanken vertieft, die lustige Rosa, die von Zeit zu Zeit eine Geschichte erzählt. Rosa ist jenseits des Grenzzauns geboren und in einem Innenhof gross geworden, immer am Schürzenband der Grossmutter hängend, weil ihre Mutter frühmorgens aufs Feld ging und erst zurückkehrte, wenn es bereits dunkel war, so dass ihre Tochter sie beinahe nicht kannte.

Der Vater, ein Maurer, war fort in der weiten Welt. Einmal hatte er im Wäschekorb eine kleine Schwyzer Holzkuh heimgeschickt. Der Onkel sagte zum Kind:

«Du, Rosa! Wollen wir die Kuh schlachten?»

Er stellte sie auf die Backmulde, dann ein Stockschlag drauf: kleine Stückchen der Kuh überall.

Rosa lachte nicht und weinte nicht. Sie hatte das nicht erwartet. Im Laufe der Zeit bekam sie gelbe Augen.

Da rief die Mutter die Frauen aus dem Hof zusammen, und die rieten ihr, sie einmal vorzuzeigen.

Der Heiler liess sie drei Läuse schlucken: eine in einer Traubenbeere, eine in einem Löffel Polenta und eine im Weichen des Brotes. Und das Mädchen genas.

Rosa erinnert sich auch an den Kurzwarenhändler, der in jenen Jahren auf den Höfen vorbeikam, um goldenen Ohrschmuck zu verkaufen, und der die Ohrläppchen mit einer glühenden Nadel durchstach.

Dann übersiedelte die Familie in einen Ort diesseits.

Mit dreizehn Jahren begann Rosa in einem Kleinbetrieb zu arbeiten und entkam zwischen den Beinen der Inspektoren durch, die zur Kontrolle gekommen waren.

Dort hörte sie von den Romanen aus dem Kirchenzirkel, und einmal, als der Patron nicht zugegen war, führten sie ein Theater auf und wollten schier sterben vor Lachen: eine war der Bertoldino, brütete auf der Tabakskiste und gackerte wie eine Glucke; die andere spielte die Mutter, welche fragte: «Was treibst du da auf den Eiern?»

Heute ist sie zwanzig Jahre alt, versteht sich darauf, Toscani zu fertigen, die «Virginia» und sogar die mit den Gänsekielen, und sie kann «Alfredo, Alfredo!», «Mira o Norma ai tuoi ginocchi questi cari pargoletti» und «Questa o quella per me pari sono» singen.

Letizia erzählt im Esssaal, während sie Strohhalme einzieht. Als Bernardo starb – ein braver Mann, sieht man ab von den kleinen Haarkämmen, die sich unter den Tischen der Arbeiterinnen fanden –, gab es eine Erstklass-Beerdigung mit einem Nachruf auf sein Leben, das der Familie und der Arbeit gewidmet gewesen sei, mit schwarz gemantelten Pferden, den Vertretern des Kinderheims, des Musikvereins, der Feuerwehr, des Turnvereins, des Grünen Kreuzes, des Velo-Clubs, des Fussball-Clubs und des Gesangsvereins.

Draussen vor dem Friedhof Kränze in grosser Zahl, an die Mauer gelehnt: «In Dankbarkeit», «Zum Gedenken», «Unserem lieben Bernardo» undsoweiter.

Letizia schaute all die Blumen an, die in die Kränze für ihren Patron gesteckt waren. Es war Sonntag, Nachmittag eines Festtags. Sie warf einen Blick zum Friedhoftor und zur Strasse, und rasch zog sie aus einem der Kränze einen grossen Büschel bester roter Nelken heraus. Und nichts wie weg mit ihrer Freundin!

Unter dem Castello blieben sie einen Augenblick auf

der Hauptstrasse stehen und lauschten: Es war ein Walzer.

Als sie die «Osteria del Giardino» betraten, setzte gerade die Polka ein.

«Da kommen ja die aus Sagno!»

«Ein Hoch auf die Nelken von Sagno!»

Die Letizia und ihre Freundin näherten sich den Musikanten und steckten die Nelken des Bernardo selig in die Geige, die Trompete, in die Harmonika. Dann auf zum Tanz!

Wenn am Abend schönes Wetter ist, setzen sich die Zigarrenmacherinnen von Chiasso in den Hof oder auf die Mäuerchen an der Breggia, um ihre gelben Hände ausruhen zu lassen und die Bündel von Toscani zu vergessen und auch den Ruf *prèssa!*, Beeilung!, den die Frau ausruft, wenn sie ohne Deckblätter dasteht.

Es heisst, der Geruch des Tabaks sei gesund. Er töte die Mikroben ab. Tatsächlich hat jemand ein wenig Tabakwasser nach Hause genomen, um damit die Kohlköpfe zu spritzen, die Blattläuse haben.

Doch wenn die warme Jahreszeit kommt und man die Fenster unter dem kleinen Muttergottes-Altar – einem Sims mit einem Blumenväschen – nicht öffnen darf, dann will der Tag nie enden.

Heute Abend erzählt die Agnese ihren Traum: zu viel Tabaksauce, die Zigarren rutschen, zu wenig Sauce und sie halten nicht; das Zeug ist trocken, und es gelingt ihr nicht, das Deckblatt anzurollen. Da kommt der Patron, den Mund voll Wasser, und segnet – grad wie's die Gioconda macht – den Tabak unter lautem Lachen.

Im Mai geht man zur Andacht. Auf halbem Wege bleibt man stehen und schaut den Turnern zu, die sich auf dem Platz vor der Turnhalle in weissen Hosen und Leibchen präsentieren, wie sie am Reck Schwünge vollführen, sich zum Handstand aufschwingen oder – schau doch! – einen Handstand auf dem Barren drücken, wie sie mit gespannten Waden und durchgedrücktem Rist über das Seitpferd hinwegfliegen, den Flickflack vorführen, Fischsprünge oder – sieh mal, sieh! – Überschläge turnen. Doch nur ein Einziger, der Tollste und Gelenkigste, bringt mit den um die Schultern gelegten Beinen und die Hände am Boden aufgestützt die «Spinne» zustande.

Es ist schön, so dicht an dicht am Geländer zu stehen und mit den Augen den weissen Tänzern zu folgen, sich einen Mann zu erträumen, der einen das ganze Leben begleitet, der weder überheblich noch langweilig und auch kein Säufer wird, der bei uns bleibt und sich mit der Anmut und der Sicherheit jener Windungen und Drehungen bewegt, mit der Stärke und der Genauigkeit jener Fahnen und Riegen, dort hingestellt wie nichts, als müssten sie ewig dauern, ohne die Schwere der Tage, die aus lauter Mühsal bestanden, aus Ängsten und bangen Fragen: Ob mich der Giuseppe wohl gern hat, dass er mir gestern Abend sanft eine Hand unter das Mieder geschoben hat?

Und was hat es mit dieser Sache von der Liebe auf sich, dass sie mich packt an den Maiabenden und ich sie in jedem Blick finde, dem ich begegne, in jeder Bewegung dieser jungen Männer jenseits des Geländers? Ist sie nicht Sünde?

An den Festtagen ist es Pflicht, zur Vesper zu gehen.

Die Agnese, die die grosse Schürze mit den weissen Knöpfen angezogen hat und im Geheimen die Wildlederschuhe mit Absätzen und Schlangenverzierungen trägt, die sie in Como für fünfzig Lire gekauft hat, trifft vor der Kirche Pia, Lineta aus der Ca' Bianca, Maria. Auch sie alle in den Schürzen für die vorgetäuschte Vesper; sie schlagen Arm in Arm zwischen dem Mais und den Tabakblüten hindurch die Weglein zum Monte Olimpino ein.

Flink klettern sie über die Wiesen hinauf und richten von Zeit zu Zeit ihre Augen auf den Turm von Baradello im Gold des Nachmittags, während unten in der Ebene die Psalmen und das *Tantum ergo* matt zwischen den Säulen der Kirche ertönen, angeführt von der grellen Stimme der Teresa mit den Plattfüssen, die in der Prozession das Kreuz trägt und stets ein Döschen Schnupftabak in der Tasche hat.

Jenseits des Grenzzauns und ausserhalb des schweissig stickigen Dunkels der Kirchenbänke, die mit den Namen der Wohltäter «Zu unvergänglichem Gedenken» bezeichnet sind, scheint der Horizont anders als an Werktagen: nicht länger nur niedriges Gras, das für die Kuh und die

Kaninchen gemäht sein will, oder der Weg, den man am Abend, wenn man schon die Nase voll hat, nach der Arbeit noch hinter sich bringen muss, sondern die hohen Stimmen und das Lachen einer sonntäglichen Eskapade ins Grüne.

In San Fermo della Battaglia angelangt, merkt Agnese, dass die Wildlederschuhe nicht besonders geeignet sind für derlei anstrengende Touren, doch was soll's: in der «Trattoria 27 Maggio» wirft man fünf oder zehn Lire ins Orchestrion – und los geht's zum Tanz mit diesen leichtlebigen italienischen Zöllnern.

Um die Bocciabahn, die als Tanzboden hergerichtet ist, dreht sich alles. Der Kriegsversehrte mit dem Bergjägerhut, der unter den Linden sitzt, um seine paar Schälchen Roten zu trinken, wird sich gegen das Ende der Kirchweih erheben, um eine Romanze zu singen. Der Infanterist von San Fermo auf dem Gefallenendenkmal, der «Jüngstgeborene Sohn», der im 18er Krieg fiel, «Auf dass Frucht die Fülle trage das Blut der Helden, die vorangegangen», dreht sich auf seinem verlogenen Sockel, um den Garibaldiner aus Marmor mit dem Kornett in der Hand anzuschauen. Der Mann mit dem pomadisierten Haar trinkt auf Mussolini und prahlt mit Schwarzhemd und Abzeichen. Die kleinen Kinder, verschmiert vom Pfirsichsaft, rennen den Leuten zwischen den Beinen durch und werfen Obststeine an die Stämme der Rosskastanien. Junge Männer, festtäglich gekleidet, werfen schmachtende Blicke. Der Lahme auf den Stufen der Kirche bittet den Heiligen um Gnade. Die Jahrmarktstände überborden vor Pfirsichen, Wassermelonen, Zuckerwatte, Nougatstengeln und Kuchengebäck. Das Glücksrad setzt sich einmal noch in Bewegung, und der Bänkelsänger, der sich auf der Handharmonika begleitet, erzählt die Schauermär vom Bauern, der seinem Rivalen den Kopf mit einem Axtstreich gespalten hat, und der kleine Junge geht mit dem Hut durch die Leute, um Geld zu sammeln: Alles dreht sich, und für einen Augenblick steht die Zeit still, grad wie in der Glaskugel mit dem Muttergottes-Figürchen im Inneren und dem rieselnden Schnee. Das Glück – hier ist es: in den Drehungen des Walzers und im Pressen und Drücken der italienischen Zöllner, derselben, die am Zoll in den Handtaschen der Frauen herumwühlen und am Grenzzaun mit umgehängtem Gewehr auf und ab gehen, und die abends ihrer Verlobten heim ins Dorf schreiben: diese Süditaliener in Uniform sind ihre Märchenprinzen. Doch nur bis vier, halb fünf, sonst wird die Vesper allzu lang.

Und Pia vergisst die Kilometer, die sie jeden Tag zu Fuss machen muss, um zum Betrieb zu kommen und dort die Stimme des Aufsehers zu hören. Lina wähnt die Dame mit den dunkelgeränderten Augen zu sein im Tonfilm «Das Lied von der Liebe», den sie im Kino «Sociale» in Como gesehen hat. Maria hört auf, an ihren Schatz zu denken, der nach Amerika ausgewandert ist, weil er Pech gehabt hat mit seiner kleinen Werkstatt. Alles hat er stehen und liegen lassen, und jetzt ist sie in gar nichts mehr sicher, auch wenn es im letzten Brief hiess: «Ich denke immer an Dich». Agnese lacht und denkt, dass im Grunde ein Angestellter mit gut polierten Schuhen schon der Mann ihres Lebens werden könnte.

Tonio

*Für Antonio Boldini,
 der mir sein Leben erzählt hat*

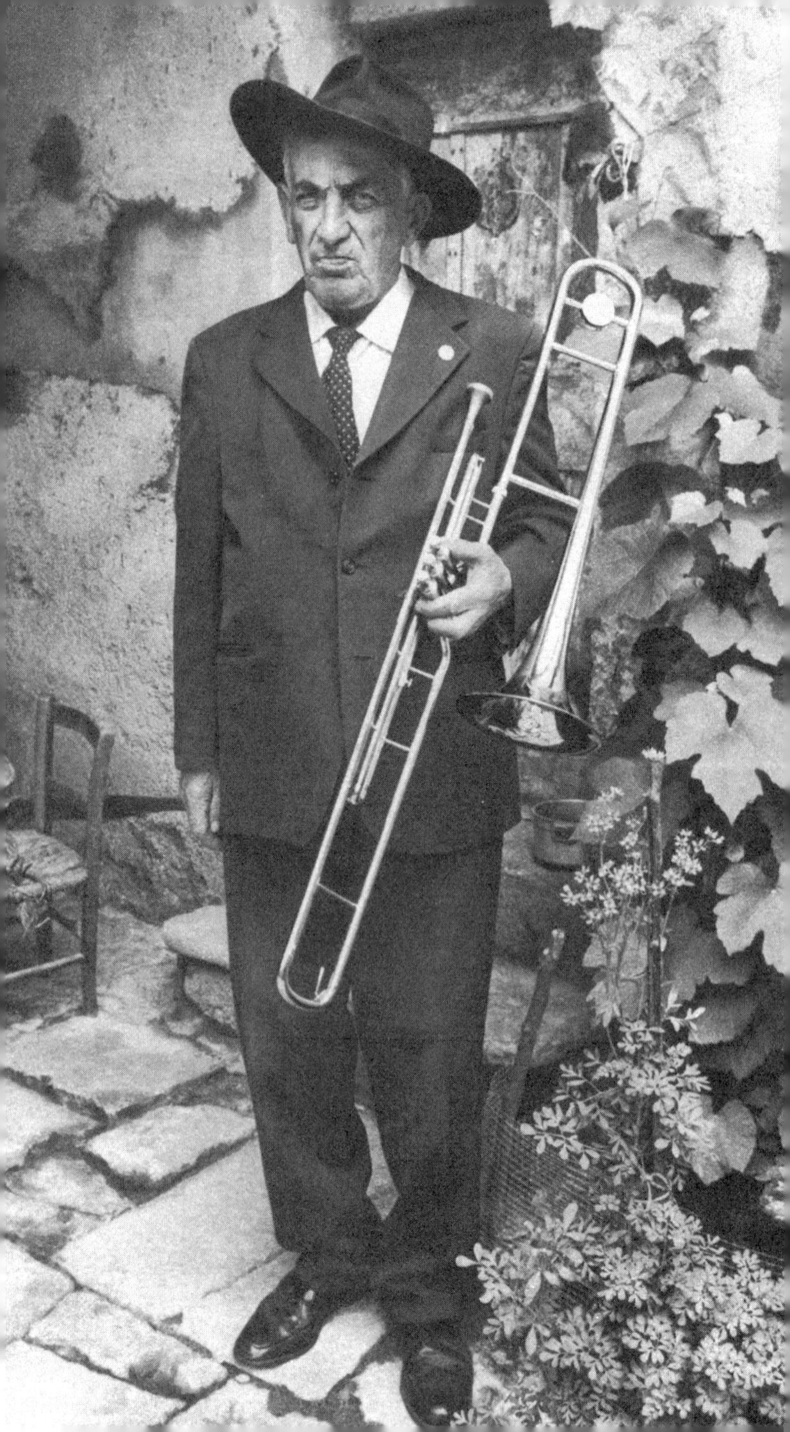

1

Zu Beginn des Jahrhunderts brachen die Steinmetze in den Brüchen der Montagna den Marmor noch in Handarbeit, mit Meissel und Schlegel.

Einmal ausgebrochen und grob zugehauen, wurde der Block auf Rundhölzern in Bewegung gesetzt und mit Hilfe von Flaschenzügen, Seilwinden und Hebekränen auf den *carro matto*, dieses wunderliche Gefährt mit abfallender Ladebrücke, geladen und zu einer der Marmorsägen des Dorfes transportiert. Vor dem Bach standen die Ochsen still, währenddem die Männer die gewölbte Brücke abstützten; und unter ein paar Flüchen und ein paar Anrufungen der Madonna von der Brücke glückte es jeweils, mit der Ladung heil hinüberzukommen. Es war nicht nur die Madonna, die die Gefahren von den Steinmetzen fern hielt – da waren auch noch die von weissen Muscheln gekrönten Heiligen in den Nischen der Kirche am Dorfeingang. Doch wer verliess sich schon auf jene vier Mummelgreise?

Die Marmorsäge wurde von einem grossen Wasserrad getrieben, das am Flusse lief, und Tag und Nacht war da ein Arbeiter, um Wasser und Sand auf den Block zu schütten, solange die Sägedrähte in den Marmor eindrangen, der in Platten geschnitten wurde. Das dauerte Wochen, denn hart ist die *macchia vecchia*, der gefleckte Marmor von Arzo.

Antonio Baldini, vor seinem Haus in Arzo

Um Mittag stiegen die Frauen zu den Steinbrüchen hinauf; sie brachten den Männern das Essen und den *fiasco* und beluden ihren Tragkorb mit den Splittern, die sie in die Ebene hinunterbrachten, um daraus Schotter zu machen.

Dann nach Hause, um auf dem Feld zu arbeiten oder Marmor zu scheuern für zehn Rappen in der Stunde.

Den Marmor bearbeiten, das hiess, ihn mit speziellen Metall- oder Steinwerkzeugen zu abzureiben, bis er, zu guter Letzt mit einem Wolllappen poliert, glänzte wie die Säulen und Balustraden, die man in der Kirche sehen konnte: eine Arbeit, die nie fertig war, gerade recht für Frauen, Töchter und Mädchen, die von ihren Eltern, dem Pfarrer, den Männern oder vielleicht auch von den linden Lüften, die sie zwischen jenen Hügeln einatmen, dazu erzogen worden sind, zu dulden und fügsam zu sein. Aber man konnte es auch lustig haben, etwa mit Zizana, einer armen Frau aus Viggiù, die «einem alles glaubte». Um vier Uhr ein Imbiss mit Brot und Pfirsichen. Manchmal wurde gesungen.

Auf jeden Fall war es besser, daheim Marmor zu scheuern, als die ganze Woche ausser Haus zu gehen, wie es Pia, Puiana, Maria dal Ve, Carmela und viele andere Frauen taten, die jeweils am Montag um drei Uhr früh, beladen mit Zwiebeln und Speck, von zu Hause aufbrachen und mit ihren Zoccoli an den Füssen über den Ceneri zogen, um von Bellinzona aus den Zug nach Locarno zu nehmen. Hier bearbeiteten sie den Marmor für Rossi zu eins fünfzig am Tag; und doch, als man dort streikte, machte Puina nicht mit, weil ihr der armselige Lohn reichte, um jeden Tag Polenta zu kochen. Die Arbeitskollegen und -kolleginnen draussen vor der Fabrik riefen ihr «Streikbrecherin!» zu und warteten auf sie, um mit Steinen nach ihr zu werfen.

Die Buben der Montagna und aus den Dörfern grad jenseits der Grenze besuchten die Zeichenschule von Arzo.

Tagsüber in den Baracken, um das Handwerk zu üben, abends bei Professor Piffaretti, um die Schattentheorie zu erlernen, den Würfel, den Quader und das Rebenblatt zu zeichnen. Es war schön, denn man konnte sich in der Schule auch ausruhen und nach dem Unterricht grölend mitten durchs Dorf laufen. Nach der Lehre gingen sie fast alle fort, in die Welt hinaus. Sie reisten nach Madonna im März ab und trugen oft zwei Jacken und zwei Paar Hosen übereinander, um das Bündel leichter zu machen, und sie kehrten vor Weihnachten zurück, manchmal auch unter dem Jahr, etwa wenn ein Unglück geschehen war, zum Beispiel ein lieber Mensch gestorben, oder wegen des Militärdienstes. Ein alter Auswanderer sagt immer noch: «Jedes Jahr zehn Monate weg in der Welt. Glaubt ihr das? Ich habe gut und gern fünfundzwanzig Jahre fern von meiner Familie gelebt, ebensoviel wie ein Mörder im Gefängnis verbringt.»

In Zürich, im Kanton Luzern, im Aargau, in Schaffhausen – da arbeiteten die «cheibe Tschinggeli», wo sie Steine zuschnitten, Denkmäler meisselten oder Fassaden, Fensterstürze, Portale und Treppenaufgänge erneuerten, mit dem Stockhammer bearbeiteten und ausbesserten. Des Verdienstes wegen lohnte es sich, wenn wir vergleichen: Carlo zum Beispiel verdiente im März 1910 in seinem Dorf fünfzehn Rappen im Tag als Lehrling, in Luzern im ersten Jahr fünfundvierzig Rappen in der Stunde; dann erhöhte sich der Lohn und nach beendeter Lehre waren es neunzig Rappen in der Stunde. Aber ein Auswanderer aus dem letzten Jahrhundert erzählte seiner Tochter, dass man in Schaffhausen das Handgelenk gemessen habe: der mit dem dickeren war kräftiger und bekam mehr Lohn. Alle zwei, drei Wochen schickten sie den Korb heim mit der schmutzigen Wäsche, dem Brief, einer Tafel Schokolade für die Kinder, etwa einem Stück Käse, nicht aber mit dem Geld; es war schon vorgekommen, dass es verschwand. Einmal hatte Martina, als sie Bananen im Korb gefunden hatte, sie ein Weilchen in den Händen hin und her gedreht, weil sie nicht wusste, was das war, und am Abend hatte sie sie dann gebraten und dabei ausgerufen:

«Wie merkwürdig! Was für eine komische Sorte Würstchen haben die dort in der Deutschschweiz!»

Daheim öffneten die Frauen das kleine Vorhängeschloss, nahmen die Wäsche heraus, legten sie in den Tragkorb und gingen damit zum Waschhaus des Dorfes in der Hoffnung, dort einen Platz zu finden – denn das Waschhaus diente auch den Leuten von Saltrio – und keine Krankheit aufzulesen. Da standen sie um den Waschtrog herum, wohin auch die Wäsche von Leuten kam, die Infektionen hatten oder die gerade an ansteckenden Krankheiten gestorben waren. Gewisse Frauen kamen deshalb nachts, um einen Platz zu bekommen. Im Winter erfror man fast; man musste einen Kessel heisses Wasser mitbringen, um die Hände hineinzutauchen. Dann schickten sie den Männern den Korb zurück: zwischen die saubere Wäsche legten sie eine kleine Salami, ein Stückchen Speck, ihre Grüsse und Küsse und die Seufzer wegen ihres ständigen Alleinseins.

Im November tauchte schon der eine oder der andere auf der Überlandstrasse auf, und im Dezember kamen sie alle zurück. In der Kirche, bei der Messe, setzten sie sich in die vordersten Bänke, um zu zeigen, dass sie wieder da waren: die Mädchen warfen ihre Blicke unverhohlen auf die jungen Emigranten. Bei schönem Wetter nahmen sie am frühen Nachmittag gleich nach dem Essen auf den Stufen vor der Kirche Platz; sie hockten sich entweder dorthin oder auf die Strasse, um ihre Geschichten zu erzählen, und wenn sie Molteni mit dem Ochsen kommen hörten, gingen sie einen Augenblick beiseite, dann nahmen sie ihren Platz wieder ein. Gegen halb zwei gingen die einen Holz hacken, die anderen einen Graben für die Reben ausheben, die dritten die Weinstöcke schneiden: der Platz entvölkerte sich.

Der Winter war nicht nur die Jahreszeit der Liebe, des Erzählens auf dem Dorfplatz, des *Miserere*, das während der Dreitagefeier der Steinmetze gesungen wurde, nicht nur die Zeit der Arbeiten in Haus und Feld, sondern auch die Zeit der Zahlungen: die Steuern, der Schuhmacher – zwischen den schartigen Felsschroppen der Brüche gingen die Bergschuhe leicht kaputt.

Am Sonntag trafen sie sich auf dem Kirchplatz. Da sagte einer:

«Wollen wir die Instrumente holen gehen?»

Und sie zogen los, um ihre Musik auf dem Hügel von San Rocco zu spielen!

Ihr Winteraufenthalt spielte sich zwischen zwei Festtagen mit Glockengeläut ab: zwischen dem aufregenden Fest der Madonna der Messer, von Besazio, das gelegentlich vor lauter Feiern, Singen, Trinken, Morraspielen und Disputieren schliesslich eben mit Messerstechereien endete, und jenem traurigen Fest der «Vierzigstunden», an dem der Emigrant sich in die Kneipe von Galli verzog, wo es immer laut zu und her ging, nur um nicht zu hören, wie es hiess: «Pack den grossen Koffer, um über den Berg, den Gotthard, zu gehen!»

Zwischen den zwei grossen Festen gab es die Kirchweihen des Mendrisiotto: «Santa Lucia mit den schönen Augen», um sich zu finden, «Sant'Antonio von den Zuckerplätzchen», um «ihren» Eltern die Biskuits und die Zuckermandeln zu überbringen, und «Sant'Apollonia von den Tränen», um sich zu trennen.

Die Kinder aus dem Dorf hörten die Erzählungen der Auswanderer und die Versprechungen der Vermittlungsstellen. Zu Beginn des zwanzigsten Jahrhunderts schienen die schönsten Erzählungen die der «Merikaner» zu sein, bei den seltenen Gelegenheiten, da einer von ihnen den *buzún,* den Ozean, überquert hatte und wieder heimkehrte und da etwa sagte, er habe die Berge aus Eis gesehen. Damals begannen sie, sich das Geld für die Reise zu leihen und in die Vereinigten Staaten von Amerika zu fahren.

Die Reise war lang: zwei oder drei Tage im Zug, um zum Hafen von Le Havre zu gelangen und, falls sie durch die sanitarische Untersuchung kamen – Natale schickten sie zurück, weil er rote Augen hatte; doch war dies sein Glück, wurde er doch Grenzwächter und lebte bis hoch in die Achtziger –, schifften sie sich auf einem überladenen Dampfer für 18 oder 20 Tage ein nach New York, wo ihnen jemand die Fahrkarte unters Hutband schob: noch einmal zwei Tage Eisenbahn, und sie waren in Barre, Vermont.

In diesem Städtchen war die offizielle Sprache das Lombardische. In seinen Granitbrüchen arbeiteten denn auch viele Steinmetze aus Arzo, Meride, Besazio, Saltrio und Viggiù.

Im Sommer war das Klima glühend heiss, während im Winter die Temperatur bis auf dreissig Grad unter Null fiel und in den ungeheizten Baracken der Meissel an den Händen festfror. So kalt war es, dass sie nicht einmal die Toten begruben.

Wenn sie zurückkehrten, vielleicht nach zwanzig Jahren, sagten die Leute aus dem Dorf:

«Da sind sie, die Herrschaften! Da kommen sie, die Herren Merikaner, vollgestopft mit Dollars bis über beide Ohren!»

Schwer von Geld, doch mit Beschwer; sie hätten sagen sollen: «Oh, der arme Teufel da, jetzt stirbt er, weil er nicht entrinnen kann mit all dem Staub, den er drin hat.»

In der Tat arbeiteten sie in den Baracken ohne Lüftung, zu fünfzig, zu hundert und mehr, mit Meisseln und Bohrern mitten in einem solchen Staub, dass man am Abend die Arbeiter beim Herauskommen nicht wiedererkannte. In jenen Baracken war die Luft gerade wie die mehlstaubgeschwängerte in einer Mühle: der Granitstaub verkrustete die Lunge. Droben in Ambri hatte der Doktor Allegrini dem Rossi selig, der aus Vermont zurückgekehrt war, gesagt, dass man ihm die Lunge herausnehmen und sie schälen müsste. Der Silikosekranke verzehrte sich wie eine Kerze. Und eines Tages sagten die Leute:

«Er ist gestorben an der Krankheit aus Merika.»

2

Der Vater von Tonio, zum Beispiel, starb mit sechsundvierzig Jahren an Silikose.

Nach seiner Auswanderung nach Amerika waren ihm

nach zwei Jahren Frau und Kinder nachgefolgt; da aber die Frau, die unter dem *Poncione* von Arzo gross geworden war, von der Luft um Vermont ganz gelb wurde vor Gelbsucht und Heimweh, nahm sie, nachdem sie ein weiteres Geschöpf auf die Welt gebracht hatte, die beiden Knaben mit ihren kurzen Hosen bei der Hand und die Kleine auf den Arm und schiffte sich erneut ein.

Sie kam an einem Herbstabend des Jahres 1909 auf dem Bahnhof von Chiasso an und fragte nach *Lüis dal zopp*, Luigi dem Hinkebein; doch niemand kannte ihn, und die Frau wusste den richtigen Nachnamen jenes Mannes aus ihrem Dorf nicht, der sie hätte beherbergen können; in ihrem Dorf nannten ihn alle nur so.

Also suchte sie Unterkunft in der *Osteria Piemontese*, wo es auch Zimmer gab, und legte sich samt den Kindern in ein einziges lotteriges Riesenbett. Doch mitten in der Nacht gab das Bett nach, und sie versanken alle vier; die Kinder schliefen nach einer Weile wieder ein, sie hingegen zählte alle Stunden, die es vom Kirchturm schlug, hörte das dumpfe Stampfen der Lokomotive und die kreischenden Räder der manövrierenden Züge im Morgengrauen.

Am Morgen kam ihr Vater mit dem Zweiradkarren, der zum Holzführen diente, herunter, um sie zu holen; und auf dem Heimweg, während die heimatlichen Hügel am Horizont erschienen, musste ihr das Holpern des Karrens auf den Steinen wie eine Liebkosung vorgekommen sein im Vergleich zu den Wogen des Atlantiks, die einem Magen und Seele aus dem Leibe reissen.

Nach ein paar Jahren kehrte auch er zurück, die Lunge schon vom Staub angefressen.

Es war ein guter Gedanke, den Beruf zu wechseln. Es sollte eine sichere Stelle beim Bund oder beim Kanton sein, diese Milchkuh, die nie austrocknete: kräftig gebaut, wie er war – war nicht er es gewesen, der den grossen Kochkessel voll Wasser mit zwei Fingern hochgezogen hatte? –, konnte er doch bei der Polizei eintreten, natürlich unter der Bedingung, dass er seine Stimme den Freisinnigen gab. Sie waren es, die den Stimmzettel für ihn vorbereiteten – darum musste er sich nicht kümmern – und ihn dann bei der gemeinsamen Auszählung kontrollierten. Sein Vater jedoch, ein Konservativer, hatte ihm diesen Verrat nie verziehen, und auf dem Sterbebett wollte er ihm nichts hinterlassen, hätte da nicht der Pfarrer ein gutes Wort für ihn eingelegt.

Der Auswanderer hatte auf seiner Wanderschaft durch die Welt Not aller Art gesehen, und er war weder freisinnig noch konservativ; doch musste er essen und seiner Frau und den Kindern zu essen geben, und jene neunzig Franken im Monat, wenn auch ohne die Sicherheit einer Pension, waren willkommen.

Aber es währte nicht lange.

Einmal, als er dem Fahrer des Bischofs eine Busse gegeben hatte, schalten sie ihn: denen da braucht man keine Busse zu geben – die Menschen sind nicht alle gleich.

Offensichtlich war er einfach nicht dazu berufen, denn ein anderes Mal ging er, statt einen Arbeiter festzunehmen, ihm sagen, er solle türmen. So gab er nach elf Monaten die

Hehleruniform ab und wurde wieder Steinmetz, ein *picca pietra,* bald in den Brüchen der Montagna, bald in der Deutschschweiz.

Auch der Onkel von Tonio war nach Amerika ausgewandert, wo er zur Zeit des Weltkrieges mit anderen Anarchisten und Kriegsgegnern im Gefängnis gewesen war. Ins Dorf zurückgekehrt, erzählte er, er habe das Schreien, die Drohungen, Schläge und die Steinwürfe der Leute gehört, welche die Gittertore des Gefängnisses niederreissen wollten, um sie zu lynchen, die Deserteure.

Als er, der Onkel, spürte, dass ihm der Staub nur noch wenige Tage zu leben liess, rief er die Frau, die Tochter, rief auch den Neffen, weil man den Frauen besser nicht traut, und sprach seinen letzten Willen, den er dann auch schriftlich hinterliess, und zwar in einem Brief, der in der Nachttischschublade eingeschlossen war: zivile Beerdigung, ohne Pfarrer, mit der Dorfmusik.

Tonio, der ein kräftiger junger Mann war, beruhigte ihn: «Lass nur mich machen! Ich kümmere mich darum.»

Als dann der arme Steinmetz seinen letzten Atemzug getan hatte, gingen die Frömmlerinnen zur Witwe, um ihr einzuflüstern:

«Lass ihn mit dem Pfarrer hinausbringen, lass ihn mit dem Pfarrer hinausbringen! Nun, da er tot ist, sieht er's ja nicht mehr.»

In dem Zimmerchen im ersten Stock, die Fensterläden angelehnt und grüne Pflanzen in den Kübeln, stand die

Tochter am Fussende des Bettes, bleich wie ein frisch gewaschenes Leintuch:

«Nein, er wird nicht mit dem Pfarrer hinausgebracht. Die Gesinnung des Pà wird respektiert.»

Die Frauen leierten den schmerzensreichen Rosenkranz und das Requiem herunter.

Da liess auch Tonio, der als Junge zweimal seinen Onkel in die Wirtschaften von Arzo und Besazio begleitet hatte, um Luigi Bertoni, den «Heiligen», über Anarchie reden zu hören, seine Stimme vernehmen:

«Auch mir hat er gesagt, dass er Musik wolle und keinen Priester. Wenn der Pfarrer kommt, gibt es Schläge.»

In der Tat wurde es eine schöne Beerdigung, mit der Fahne der Gewerkschaft und der Musik, die den Verstorbenen unter den Klängen des Trauermarsches begleitete. Im Dunkel des Beichtstuhls hatte der Pfarrer die Weisung ausgegeben, man solle die Kinder vom Dorf fernhalten, damit sie nicht hinter dem Sarg des Anarchisten hergingen.

3

Tonio war drei Jahre alt, als eines Morgens im August die Glocken Sturm zu läuten begannen und die Frauen anfingen, sich die Haare zu raufen.

Alle waren im Freien, um die Männer zu sehen, die wegen der Mobilmachung abreisten. Alle sahen Giustino, wie er seine Mütze fluchend zu Boden warf; Funken sprühten auf dem Kopfsteinpflaster unter den genagelten Schuhen hervor. Die aufgeregten Kinder und Frauen zerknüllten ihr Taschentuch in der Faust: Zwar waren sie gewohnt, Heufuder auf ihren Schultern zu tragen und Tragkörbe voll Brennholz hinauf und hinab über die Weiden und durch die Wälder, doch diese Glockenschläge, die gingen ans Lebendige und machten einem Angst und Bange wie Totengeläut.

Tonio war also drei Jahre alt, aber schon so weit entwickelt wie ein Kind von sechs; seine Mutter sagte, er habe mit zwei Wochen schon aus der Tasse gegessen …

In den ersten Schuljahren stand er morgens früh auf, um dem Bruder, der in die Baracke von Natalino ging, um ein Handwerk zu erlernen, den Napf mit Essen zu mausen.

Wenn die Mutter, die den Speiseschrank abgeschlossen hatte, nicht zu Hause war, zog er die Besteckschublade heraus und angelte mit der Hand nach dem Brot. Er hatte immer Hunger.

Am Abend assen sie zu siebt beim Schein der Ölfunzel und des offenen Feuers ein *cotechino*, ein winziges Würstchen!

Einmal konnte er angesichts der Mortadella, die über seinem Kopf hin und her baumelte, nicht widerstehen. Er schleppte sie fort und schnappte sie für sich ganz allein, dass sie sich in gutes Blut verwandelte; dann füllte er die Hülle mit Kleie auf und hängte sie wieder an den Haken.

Nach der Schule musste er jeweils ein Bündel dürres Holz sammeln gehen; doch manchmal bummelte er bis spät auf den Strassen, um die *còcura,* eine Art Kreisel, herumzuwirbeln, und um *rèla* zu spielen («*Lipa lapa ciapa!*», und es flog das Stöckchen über die Köpfe hinweg); er verspätete sich auch, um den *palancone,* diese italienische Münze, gegen den Korken zu werfen, auf dem das Fünffrappenstück lag, das er der Mutter stibitzt hatte, oder aber um die Büchsen mit Karbid in die Luft gehen zu lassen, auch um *picöcc* zu spielen, das heisst, zu versuchen, mit Steinwürfen einen weiteren Stein, der am Boden lag, zu treffen und ihn möglichst weit wegzubefördern – und während die Spiele sich in die Länge zogen und die ersten Schatten schon über den Verputz der Häuser herabkrochen und sich unmerklich zwischen den erhitzten Körpern der Jungen verbreiteten, so als wollten sie ein geheimnisvolles Geschehen ankündigen, da geschah es, dass er plötzlich den Pfiff des *Pà* durch die Gassen herab schrillen hörte – ein Peitschenknall, der ihn nach Hause sausen liess.

Am Sonntag nach dem Mittagessen gab es eine Stunde Unterricht in der Kirche mit Signorina Erminia, die ihn ermahnte:

«Antonio, sei vernünftig!»

Einmal machte die Katechismuslehrerin eine Meinungsumfrage unter ihren Zöglingen. Bei ihm angelangt, fragte sie:

«Antonio, bist du Heide oder Christ?»

Tonio überlegte einen Augenblick, dann kam ihm Onkel Rucheta in den Sinn, der den Geruch des Dachses riechen konnte, ein Wilderer erster Güte (wegen all der Regengüsse, die er als junger Mann über sich hatte ergehen lassen, und wegen der vielen Nächte, die er damit verbrachte, dem Dachs Fallen zu stellen, sollte er sich in seinem Alter krümmen vor rheumatischen Schmerzen), zudem ein aktiver Sozialist, der den Freisinnigen die Fahne entrissen hatte, als sie in einem Umzug durch die Strassen des Dorfes zogen, und in höchster Not vom Weinhändler gerettet worden war.

Da gab's kein Zögern:

«Ich *Pagano*, der Heide!», sagte er und dachte dabei an den Nachnamen seines wildernden Onkels.

Doch die endgültige Loslösung von jeder Glaubensausübung vollzog sich an einem Maiabend beim Segen, als er vom Pfarrer mit Fusstritten fortgejagt wurde, weil aus der Gruppe von Kindern, die hinter den massiven Marmorsäulen versteckt war, ein kleines Geschoss geschleudert worden war – zielsicher! – und ihn voll getroffen hatte, während er predigte. Und der hatte vielleicht gut predigen, wenn man ihn dann sah, wie er im dunklen Hof vorüberhuschte und vorsichtig das kleine Gartentor der Witwe öffnete, der gleichen Witwe, die in einer Januarnacht – eben kehrten die Musikanten, Trompeten und Hörner mit eingefrorenen Ventilen in den Händen, von einer Hochzeitsfeier heim – gesehen worden war, wie sie aus der Tür des Pfarrhauses schlüpfte und die auf die boshaften Fragen der Musikanten zur Antwort gegeben hatte, sie sei dort hineingegangen, um den Mais segnen zu lassen.

Der Sekundarschullehrer kam jeweils todmüde in die Schule, mit schweren Schuhen, bespritzt mit Kupfervitriol, und er pflegte auf dem Stuhl einzunicken, denn er war früh aufgestanden, um seine Reben zu spritzen. Eines Morgens, als er da so vor sich hindämmerte, banden ihn die Schüler in einem kühnen Handstreich am Stuhl fest; aber er hatte Angst und sagte nichts, nicht einmal, wenn sie ihm eine Vogelscheuche oder eine Blindschleiche ins Klassenzimmer brachten.

In den letzten beiden Jahren musste Tonio, der im Dorf den Ruf eines Tunichtguts hatte, die Tapeten wechseln, so lernte er die Meilensteine an der Strasse bis Meride zählen.

Am ersten Tag sagte der neue Lehrer, ein anderer Onkel, zu ihm:

«Du Hornochse, du!»

«Exakt wie du!», gab der Junge zurück. So bekam er den ersten Stockhieb ab.

Er versuchte sich zu rächen, indem er dem Onkel-Lehrer-Jäger, der im Herbst, hinter den Hecken verborgen, den Ruf der Amsel nachahmte, die Vögel verscheuchte.

An anderen Tagen wurden ihm Rutenschläge auf den Rücken und Kopfnüsse verabreicht, nicht nur, weil er «zurückgab», sondern auch wegen des Kopfrechnens: also war es besser abzuhauen und sich in den Wäldern herumzutreiben oder Obst zu klauen oder die Steinbrüche mit einem Hammer nach Fossilien abzusuchen, die man den Deutschen verkaufen konnte, oder etwa die Bronzeglöcklein, die am Grenzzaun befestigt waren, klingeln zu lassen und sich dann zwischen die Reben zu werfen und heimlich zu beobachten, wie die Grenzwächter herbeirannten und sich aufregten.

Nicht einmal am letzten Tag, als der Junge, eingeschlossen in der Toilette, mit Grossbuchstaben auf die Wände geschrieben hatte: «SCHULE, LEBEWOHL – STRASSE, LEBEWOHL – MERIDE LEBEWOHL AUF IMMER», liess ihm der Onkel die Befriedigung, sich auszutoben: er hiess ihn das «LEBEWOHL» mit einem wassergetränkten Besen auswischen.

Im Übrigen war Meride ein schönes Dorf, barg Blumen, Laubwerk, gefältelte Vorhänge, Engel aus Stuck und Familienwappen in der Kühle der kleinen Salons, welche Künstler und Kunsthandwerker in der Winterzeit gestaltet hatten, wenn sie auf Martini aus der weiten Welt, nach mühevoller Arbeit, zurückgekehrt waren. Doch das alles war nichts für Tonio, der in einem Haus ohne Toreingänge und ohne Wappen wohnte. Und wenn schon einem, dann fühlte er sich jenem Jungen brüderlich verbunden, der zwischen den Fenstergittern der Sakristei stecken geblieben war, dem Dieb Baldocchi, der versucht hatte, den Schal der

Madonna von San Silvestro zu stehlen – ein Prachtstück! –, um ihn seinem Schatz zu schenken. Und nun war er also da, steckte verkeilt zwischen diesen verfluchten Stäben auf immer und ewig auf dem gemalten Bild, das in der Kirche hing: vor den Augen der Herrschaften mit Gamaschen und Zylinder, vor dem Schärlein von Pfarrern, vor den Gendarmen, Hunden und eleganten Damen mit ihren wohlerzogenen Kindern, die alle herbeigeeilt waren, um das Schauspiel zu geniessen.

Das vermaledeite Dorf des Lehrer-Onkels, so schön es war mit seinen zierlichen Hohlziegeln inmitten von Reben, dem Korn und dem Mais, erschien ihm jeden Morgen in der Kurve nach den Steinbrüchen auf der Höhe der kleinen Osteria della Rana, wo man einen Grenzwächter, der Hand an die Schwester des Wirts gelegt hatte, mit Schüssen in die Flucht gejagt hatte. Das waren Geschichten, die die Phantasie des Jungen beschäftigten, wenn er am Sonntag dem Bocciaspiel zuschaute und wenn er zwischen den Tischen herumlungerte, um heimlich ein paar Zigaretten zu paffen, die Reste aus den Gläsern zu trinken und nach Geldstücken zu suchen unter den Bänken. Geschichten von Steinmetzen, von Schmugglern, von Auswanderern, von Unglücksfällen und allerhand Prahlereien: vom Silikosekranken, der sich von der niedrigen Brücke gestürzt hatte und verletzt am Leben geblieben war, von dem, der in der Betonmischmaschine zermalmt wurde, oder dem, der sich im Steinbruch erhängte; von jenem, der zwanzig Eier hintereinander gegessen hatte, die Geschichte von

Grossvaters Bruder, der nach Varese gegangen war, um eine Ladung Gips zu verkaufen. Nur Wagen und Pferd waren zurückgekehrt, er selbst war erstochen und ausgeraubt auf der Strasse aufgefunden worden.

Frauengeschichten. Der Junge hatte die Wärme einer Frau schon erlebt, hinterm Ladentisch: Rita sperrte an gewissen heissen Sommernachmittagen, wenn nur die Fliegen gegen die kleinen Vitrinen surrten, mit dem Schlüssel zu, zog den Vorhang und gab ihm ein paar Karamellen.

Oder am Abend in der Hütte im Heu, mit den beiden Schwestern, wo man sich unter dem Kleid berührte.

Es kam oft vor, dass man, ging man so im Dorf umher, den *Mili-ciócch* traf, den man hierhin und dorthin zum Mistführen rief, und der weder lesen noch schreiben konnte, und am Abend zwangen ihn die jungen Leute im Dorf, Steine zum Mond hinauf zu werfen: «Zu stark! Du hast darüber hinaus geschossen. Versuch's noch einmal!», und sie bezahlten ihm das Trinken, um ihn dazu zu bringen, eine Rede zu halten. «Der moderige Stoff von Mailand», schlug einer vor, und laut deklamierte er: «Der moderige Stoff von Mailand …» Er nahm dann ein böses Ende: Eines Morgens stieg er in den Zug, um zur Tanninfabrik zu fahren, wo er Arbeit gefunden hatte; doch war es ein Schnellzug, ohne Halt in Capolago und auch nicht in Maroggia, und so stieg Mili, weil er nicht zu spät kommen wollte, gleichwohl das Treppchen hinunter und geriet unter die Räder.

Oder der *Giuanín-marturèll*, der – so wird erzählt – sein Glück hätte machen können, aber beim Rinnstein-Putzen nicht gemerkt hatte, dass, was da im Mäuerchen versteckt lag, Goldmünzen waren; er hatte sie genommen und war ins Wirtshaus gegangen, wo er sagte: «Oh, die schönen Medaillen! Seht nur, die schönen Medaillen!», und er hatte allen etwas davon geschenkt.

Der Giovannino lebte von Träumen, und wenn die Auswanderer heimkehrten, sass er wie gebannt da und lauschte ihnen andächtig zu, wenn sie sagten, dass man in Merika keine Polenta isst.

Eines Tages schleppten sie ihn nach Capolago, um ihn dort das Schiff nach Amerika besteigen zu lassen; doch als er schliesslich an Bord war, sagte er:

«Das ist nicht das Meer. Vom Meer aus sieht man das Land nicht.»

An den Sommerabenden auf dem Kirchplatz oder in den Ställen zur Winterszeit, da hängte in diesen Erzählungen der Erwachsenen etwa der Auswanderer seine Schuhe an die Telegraphendrähte, um sie nach Hause zu schicken, oder es verkauften die Einwohner von Meride denen von Arzo einen Karren Mohrrüben für eine Glocke, stopfte einer das Schaf in den Backofen hinein, um es zu trocknen; oder ein anderer wieder blies auf die Glühlampe, um das elektrische Licht, das eben ins Dorf gekommen war, zu löschen; oder es hielt sich das Flugzeug in der Luft, weil es auf einer Scheibe, die man nicht sah, dahinglitt. Die Musikanten hatten am Fest der Madonna «Bandiera rossa» gespielt statt «Wir wollen Gott den Herrn», nachdem sie das Geld vom Hausball beim *oregiatón,* dem Erzkonservativen, eingesackt hatten. Da war die erste Grippetote nächtlicherweile begraben worden, damit niemand ihr Gesicht sehe, oder es ging Pietro stockbetrunken vom Wein zu Bett, vollständig angezogen, samt Krawatte und Hut, und die Grippe, die hatte er nie erwischt; ein alter Mann sagte, dass die Grippe gar nichts sei, verglichen mit der Cholera, die in der Mitte des letzten Jahrhunderts im Dorf dreiunddreissig Tote gefordert hatte.

4

Als seine Schulzeit beendet war, ging Tonio ein paar Monate in einen kleinen Betrieb, um für wenige Franken in der Woche Uhren zu montieren, dann nach Mendrisio, wo er für fünfzig Rappen im Tag Wandkacheln putzte. Auch in Chiasso blieb er kurz: Eines Tages sagte ihm der Gipsermeister, er solle sich zum Teufel scheren, und der Bub schmiss ihm Eimer und Pinsel hin und liess ihn allein zurück mit seiner Brille.

Dann ging er zwei Jahre lang in eine Baracke in seinem Dorf, um den Beruf seines Vaters zu erlernen, darauf riss er sich tüchtig am Riemen und zog zum ersten Mal über den Gotthard, da er nicht bereit war, so zu stimmen wie sein Lehrer-Jäger-Liebediener-Onkel, nur um versorgt zu sein.

Zuerst war er in Bern, wo er Posaune spielte in der «Musica Garibaldina» und wo er seinen Kameraden Luigi aus dem gleichen Dorf traf, *Luigi D'oro* genannt, weil er nach Frankreich ausgezogen war vor Jahren als *peintre* und nun ständig von jenem entschwundenen Land sprach. Eines Morgens sah Tonio ihn auf einem Bänkchen im Park gegenüber dem Bundeshaus sitzen:

«Was tust du da, Luigi?», fragte der Bursche.

«Man arbeitet auch mit dem Kopf», gab der andere zur Antwort, wobei er von seiner Zeitung aufblickte.

Eines Abends gingen Tonio und einer, der auch ausgewandert war, an die Tür von Bundesrat Giuseppe Motta klopfen. Der Einfall stammte von Tonio: Schliesslich und endlich waren sie Landsleute, auch wenn der «Ehrenwerte» einer aus der Leventina war. Er war es denn auch, der die Klingel läutete, den Hut in der Hand, während der andere am liebsten im Erdboden versunken wäre, verschämt hinter ihm stand und ganz verstohlen zum Garten des Hauses schielte.

Eine Frau kam und öffnete, dann erschien der Leventiner selbst und fragte, was sie wollten.

«Wir sind ohne Arbeit, ohne alles.»

Der Bundesrat redete von den schweren Zeiten, langte mit der einen Hand in den Geldbeutel, zog ein Fünffrankenstück heraus, gab es den beiden Tessinern und schloss die Tür.

Nach Bern dann Zürich, wo er den ersten Schatz hatte, sich bei der Partei einschrieb und das Billardspiel, das Würfeln und *bestia,* ein Glücksspiel, lernte. Dann Genf und Lausanne, um Arbeit zu suchen in der gestreiften Jacke seines armen Vaters.

An einem Abend im November 1932 überflutete die Menge den Platz beim Plainpalais in Genf: Arbeiter, Arbeitslose, Leute aus dem Volk, herbeigeeilt, um gegen Oltramare und die Seinen von der *Union Nationale* zu protestieren. Ein Redner sprach vor dem *Palais des Expositions* zur Menge und deutete von Zeit zu Zeit auf den Saal der Faschisten hin.

«Wer ist das?», fragte Tonio verwirrt die Leute um ihn herum.

«Nicole», antworteten sie ihm.

Die Demonstranten, mit kleinen Trillerpfeifen ausgerüstet, versuchten die Ketten und die Abschrankung der Polizei zu durchbrechen, um teilzunehmen an der «öffentlichen» Versammlung, in deren Verlauf die Faschisten vorschlugen, die Genfer Sozialisten, die den Bankiers das Leben sauer machten, unter Anklage zu stellen. Es gab Zusammenstösse, Keilereien.

Auf einen Schlag stieben sie auseinander, lautes Rufen, Pfeifkonzert der Leute: die Truppe rückt an.

«Ils sont fous! Salauds!»

Welche Truppe?

Rekruten. Jüngelchen, erschrocken, vor vierzehn Tagen erst in den Dienst eingerückt. Einige werden eingekreist und entwaffnet; es fliegen Gewehre und Helme; andere verdrücken sich im Durcheinander.

Es scheint, nun sei alles beendet.

Doch plötzlich ein Trompetensignal: das Rattern der Maschinengewehre, die auf Lastwagen in einer dunklen Ecke des Platzes verborgen und auf den Boulevard gerichtet waren, dauert wenige Sekunden: die einen fliehen, andere suchen Schutz hinter einer Mauer oder einem Auto, andere wieder meinen, es seien Warnschüsse, um den Sozialisten eine Lehre zu erteilen.

Indessen, es ist ein Blutbad. Dreizehn Tote, etwa achtzig Verletzte.

«A bas la Russie, vive l'armée suisse!», schrien die Grauhemden vom Trottoir aus am Ersten August, dem Geburtstag des Vaterlandes, während inmitten von Fahnen und unter Militärmusik die weiss gekleideten Turner, mit Blumen und Medaillen geschmückt, durch die Strassen von Lausanne defilierten, die Mitglieder der städtischen Vereine mit ihren Wahrzeichen sich Mühe gaben, im Schritt zu marschieren, die Musikanten in Uniform. Die Herren Offiziere sandten mit geschwellter Brust patriotische Blicke aus, die Hand starr angelegt zum Gruss an die mehrfach goldgeschmückten Mützen, und liessen bei den Damen die Tränen fliessen.

«*Vive la Russie! A bas le fascisme suisse!*», rief dagegen Tonio, die Hände als Schalltrichter um den Mund gelegt. Bei dieser Gelegenheit war es, dass ihn die Flics von Lausanne ein erstes Mal abführten.

Hinzu kamen die Vorfälle im Hôtel de France. Das war so: Im Saal dieses herrschaftlichen Hotels, in dem sich die Faschisten für eine Veranstaltung versammelt hatten, erhob sich ein Führer und rief, indem er auf die Schweizerfahne zeigte, aus:

«Wenn wir jenes weisse Kreuz wegliessen, was bliebe dann? Eine dreckige rote Fahne …!»

Tonio und die anderen, an die dreissig, reagierten darauf mit Protestrufen; da sprang ein Erzfaschist auf den Tisch, stolzierte vor ihren Gesichtern auf und ab und sagte:

«Seht – das hier ist wohl nicht der Ort, wo ihr hingehört, oder!?»

Aber sogleich wurde er von einem der dreissig zu Boden geworfen.

Nun begannen Schimpfworte hin und her zu fliegen, Flüche. Die Stühle krachten auf den Boden des Saals im Hôtel de France, Faustschläge trommelten auf die Tische nieder. Die Halsadern schwollen an.

Man packte sich bei den Jacken; einer wälzte sich am Boden inmitten von Bierkrügen. Die Roten, deutlich in der Minderzahl, zogen es vor, sich zurückzuziehen und eine eigene Versammlung abzuhalten.

Sie blieben nur zu siebt oder acht zurück. Tonio ergriff

einen Stuhl und los – wer eins erwischte, war selber schuld; auch er bekam Schläge ab, doch er war jung und spürte sie kaum.

Bis dann die Gendarmen anrückten, um die Antifaschisten fortzuschaffen. Unter den zum verhassten römischen Gruss ausgestreckten Armen, zu zwei Gliedern geordnet, mussten sie abziehen, und sie wurden von den Leuten wie Helden empfangen, weil sie den Wolf in seiner Höhle herausgefordert hatten.

Tonio ging über die Bauplätze und durch die Strassen von Lausanne, die Mütze der Roten Armee tief in die Stirn gedrückt, und verkaufte *L'Humanité, Regard, Le drapeau rouge, Falce et martello.*

Was konnte er anderes tun für sein Ideal? Das Bild von Mussolini in der Pensione Venezia zertrümmern? Die Fahne mit dem Rutenbündel anzünden, die wie ein böser Raubvogel auf dem Hotel Métropole lauerte?

Das war immerhin schon etwas, wenn auch nicht die Bombe, die sein Freund eines Nachts in die *Casa d'Italia* von Zürich geworfen und so ein wenig faschistisches Glas zertrümmert hatte.

Doch unterdessen musste man an den Ufern des Léman den Gürtel enger schnallen. Um das Loch im Bauch zu füllen, genügten die vom Güterwagen gestohlenen Bananen oder die gemeinsam mit Freunden inmitten der immergrünen Pflanzen des öffentlichen Parks getrunkenen Flaschen Wein nicht.

Tonio ging in die deutsche Schweiz.

Er arbeitete da und dort als Handlanger, entlud Obst, stromerte mit *trimardeurs,* Tippelbrüdern, umher, um Arbeit zu suchen, ein bisschen zu Fuss, ein bisschen im Zug, ohne die Fahrkarte zu bezahlen.

Essen? Er ass die Suppe der Armenküche oder der Hotelküchen, ging hinein zum Metzger und liess sich ein Päckchen Innereien geben, oder dann übersprang er die Mahlzeiten; im Herbst las er die Äpfel oder die Birnen auf, die von den grossen eidgenössischen Bäumen herunterfielen.

Schlafen? Er schlief unter den Bäumen, in Ställen und Hütten. Manchmal fand er Arbeit bei den Bauern des Mittellandes, blieb auf einem Hof hängen, etwa um eine Jauchegrube zu bauen.

Alle zwei, drei Monate kehrte er ins Dorf zurück, wenige Rappen im Sack.

Eines Nachmittags, als er mit langen Schritten gegen Arzo hinaufstieg, wollte er den Fussweg verlassen, um sich die neue Kantonsstrasse, die eben zwischen Rancate und Besazio gebaut wurde, anzuschauen:

«Hei, dir haben sie Arbeit gegeben?», rief er einem zu, der sich über eine Schubkarre bückte. «Man muss nur der Regierung in den Arsch kriechen!»

Jener stand still, die Hände auf eine Schaufel gestützt:

«Und du, geh du nur spazieren; das tut dir gut! Der Boden ist halt weit unten.»

«Mich haben sie nicht gewollt, weil ich nicht lieb Kind bin.»

«Versuch's woanders!»

«Ich hab's versucht. In Zürich habe ich drum gebeten, in der Kaserne zu arbeiten, aber sie wollten mich nicht. Sollen sie doch ihren Militärdienst selber leisten. Grüss dich!»

«Tschau. Und gib acht: das Bier im Sommer schadet dem Bauch im Winter.»

Im Ort angekommen, ging er auf den Dorfplatz und knüpfte ein Gespräch an mit einem, der auf den Stufen vor der Kirche sass: Tonio war nicht der einzige Arbeitslose; auch Luigi D'oro, der *peintre,* war zu Hause, verbreitete seine politischen Slogans («Vertrotteltes Italien» – «Die Schweiz: ein Flittchen»), und in Ermangelung von etwas Besserem übte er seine Kunst auf dem Gartenmäuerchen aus; darauf hatte er mit dem Pinsel gemalt: 1936 – TRAGISCHES JAHR.

5

Eines Tages las er in einem linken Blättchen, dass Poletti Pietro, Maurer, aus dem Veneto, wohnhaft in Oerlikon, auf grauenhafte Weise umgebracht worden sei von den

Faschisten in Spanien, wohin er gegangen war, um für die Republik zu kämpfen: an einen Baum gebunden, erdolcht, die Augen ausgestochen, das Foulard der *Brigata Garibaldi* in den Hals gestopft. Zuerst weinte Tonio: Poletti Pietro war der Genosse, mit dem er in Zürich auf die Baustellen gegangen war, um die Abzeichen der Kommunistischen Partei zu verkaufen. Dann, eines Tages im November 1937, steckte er den Pass in die Innentasche seines Kittels und nahm den Zug nach Basel. Waren nicht auch Mombelli aus Stabio, den er als Reserve-Torhüter beim Zürcher «Vorwärts» kennen gelernt hatte, und Duardin aus Besazio, mit dem er als Kind auf der Musikschule das *Solfeggio* eingeübt hatte, nach Spanien gegangen? Hatte er vielleicht keine Lust, sich mit den Faschisten zu schlagen? Hatte er vielleicht nicht schon oft daran gedacht?

Im offenen Gelände von Basel ging er über die grüne Grenze, begleitet von einem Führer; er stieg in einen Autobus bis Mulhouse, und da nahm er den Zug nach Paris, wo er drei Tage blieb und einen traf – er hatte ihn vorher noch nie gesehen, doch dünkte ihn, er kenne ihn schon lange –, der ihm auf die Schulter schlug und ihm sein ganzes Leben erzählte: Dinge, wie sie in Grossstädten so passieren!

Er liess den Pass bei der Organisation im Tausch gegen einen Mantel und ging zusammen mit weiteren zweiunddreissig Freiwilligen zum Gare de Lyon, um den Zug nach Süden zu nehmen.

Das letzte Stück Weg legten sie in einem Autobus zurück,

bis in ein kleines Dorf in den Pyrenäen, wo sie fast alles, was sie besassen, ausgaben, weil einem in Spanien, so hiess es in dem *bistrot*, das Geld nichts nütze. Sie zogen ihre Schuhe aus und legten dafür Kletterfinken an, und los ging es auf leisen Sohlen hinter einem Führer her, der sie auf Schleichpfaden zu einer Hütte auf spanischem Boden führte, wo sie dann alle zusammen aus einem grossen Topf assen.

In der Festung von Figueras wurden die Freiwilligen gesammelt, ausgebildet, eingeteilt. Die Soldatenschule hatte begonnen.

Tonio hatte sich schon in der Kaserne von Bellinzona daran den Magen verdorben und wollte an die Front.

Bei Albacete legten sie die Zivilkleider ab, um eine mehr oder minder militärische Uniform anzuziehen, und sie machten ein Defilee mit der Musik, die die Internationale spielte, mit Leuten am Strassenrand, die klatschten und mit geballter Faust grüssten.

Endlich war Tonio ein Soldat der Internationalen Brigaden, ein freiwilliger Kämpfer für die Freiheit! Quer über den bequemen Kittel hing auf der einen Seite der Brotsack, und auf der anderen schlug ein russisches Gewehr wie wild aus; die Glücklicheren hatten ein tschechisches Gewehr bekommen.

Es gab Leute unter ihnen, die noch nie einen Schuss abgegeben hatten, wohingegen Tonio gut schoss; sie wollten ihn zum Korporal machen. Doch er sagte, er bleibe lieber, was er sei.

Er wurde mit den Italienern in die zwölfte Brigade Garibaldi eingeteilt, ins Bataillon Garibaldi.

In Quintanar ging die militärische Ausbildung weiter.

Der erste Tessiner, den er traf, war Duardin aus Besazio, genannt «der Dachs», ein kleiner untersetzter Mann, früher Maurer und Flügelhornspieler in Zürich, nunmehr Sergeant in der Republikanischen Armee. Er trug eine Baskenmütze mit dem dreizackigen Stern.

Kaum hatte er ihn gesehen, da rief ihm Duardin, als wären sie schon seit langem zusammen, als wäre es ganz natürlich, dass man sich da zwischen den Sierras der Murcia anstatt am Fusse des Hügels von Sant' Agata traf, in Mundart zu:

«Tschau, Bolda! Gib mir eine Zigarette!»

Die Zigaretten leisteten Gesellschaft und wärmten.

Wenn die Gauloises fehlten und auch die Kippen, die man aufsammeln konnte, knapp wurden, rollten die Soldaten dürre Blätter, zerriebene Rebrinde oder getrocknete Kartoffelschalen in Zeitungspapier; Giglio aus Balerna gab seinen Zigaretten etwas Pfiff mit einer Prise Schnupftabak aus Holland, den er auf dem Kamin eines ausgeräumten Hauses gefunden hatte.

Tonio jedoch, der sein prachtvolles rotes Taschenmesser mit dem weissen Kreuz, ausgestattet mit Büchsenöffner und Ahle – ein Schweizer Offiziersmesser, gefunden im Bahnhof von Airolo –, gegen gut hundert Päckchen Zigaretten eingetauscht hatte (übrigens, wo hatte der Leutnant die nur her?), Tonio war immer gut versorgt mit Raucherwaren.

Wenn er warten musste, schrieb er nach Hause. Nicht direkt, weil in der Schweiz die Briefe der Freiwilligen geöffnet wurden; er adressierte die Korrespondenz an einen Freund in Nizza, der sie dann ins Tessin schickte. Und er erhielt eingeschriebene Pakete.

Doch gab es Leute, die die Pakete öffneten, in Marseille oder in Barcelona. Wer hatte beispielsweise die Zigaretten, die der Onkel aus Arzo geschickt hatte, geraucht?

Das waren die kleinen Sorgen der Soldaten hinter der Front, die darauf warteten, mit den Kanonen, den Flugzeugen und den Panzerwagen von Franco, Hitler und Mussolini abzurechnen.

Mitte Dezember, während eines Schneesturms, nahmen die Republikaner Teruel in einem Überraschungsangriff ein. An Weihnachten meldete Radio Barcelona den Fall der Stadt.

Im Januar war die Soldatenschule auch für Tonio zu Ende: Die Internationalen wurden ins Getümmel geworfen, während die Fiat-Jagdflugzeuge und die russischen Jäger sich in der Luft Kämpfe lieferten und die Motorfahrzeuge im Schnee festsassen.

Tonio schoss mit seinem russischen Gewehr und steckte jedesmal den Rückstoss auf seine Schulter ein, dann rannte er los in Schlamm und Schnee, so gut er konnte, geduckt, mitten in dem Höllenspektakel des Sperrfeuers von Maschinengewehren und Artillerie, warf sich unter dem Pfeifen der Geschosse und dem Krepieren von Granaten zu Boden.

Mehr als vorm Sterben fürchtete er sich davor, den faschistischen Folterknechten in die Hände zu fallen: darum trug er stets eine Handgranate auf sich, um sich umzubringen, falls sie ihn gefangen nahmen. Die Sadistischsten waren die Söldner der Fremdenlegion und die Marokkaner, die noch die Leichen der Männer kastrierten und die Frauen vergewaltigten und sie dann vierteilten.

Die Republikaner hatten Befehl, sie nicht anzurühren, die Frauen; es hiess auch, Franco habe eigens kranke Frauen reihum geschickt, um sie anzustecken.

Ferner hatten sie Befehl, die Gefangenen aufs Kommando zu bringen. Doch einmal, als das Kommando ein paar Marschstunden weit entfernt war von dem Rebberg, wo Tonio und der Piemonteser sahen, wie am Fallschirm ein grüner Junge vom Himmel herabfiel, der dann in einem fort «Antifaschistische Schweinehunde, dreckige» sagte und dem Leutnant, der ihn vernommen hatte und ihn bei dieser Gelegenheit auch fragte, weshalb er nach Spanien gekommen sei, zur Antwort gegeben hatte «Um den jüdischen Kommunismus zu bekampfen» und ihnen beiden, die ihm unterwegs diese Frage noch einmal stellten, weiter mit «Roten» und «Jüdischem Kommunismus» kam – jenes Mal, da kam der Gefangene nicht im Kommando an.

Im Frühling 1938 fielen die Dörfer um Aragon eins nach dem andern unter dem Ansturm der Nationalisten; die Flugzeuge schossen mit Maschinengewehren auf die Bevölkerung, die in langen Kolonnen aus ihren Wohnorten auszogen, hinter sich her die Karren mit Kindern, dem Hausrat, Hühnern und Vieh, bis dann am 15. April, einem Karfreitag, der General Alfonso Vega an der Küste des Mittelmeeres das Kreuz schlagen konnte und seine Männer im Meer herumzuplantschen begannen: da war, was die Republikaner hielten, in zwei Teile zerschnitten.

Tonio, der in den Bergen von Gandesa auf Posten stand, um nach Panzerwagen zu schauen, sah plötzlich, wie der Franzose mit blutverschmiertem Gesicht ins Gebüsch fiel, dann flogen drei Männer in die Luft, von einem Haubitzengeschoss getroffen, und da kam der Meldeläufer und rief, sie sollten sich zurückziehen, aber nicht über die Strasse!

Es wurde Nacht. Die Führung der Gruppe übernahm ein Steinmetz aus Tenero, der sie rettete, dank dem Polarstern, und sie aus jenem nächtlichen Labyrinth herausbrachte: zuerst war das Schwein stehen geblieben, dann ging der Maulesel nicht weiter, sie kamen um vor Durst, Herrschaft! da ist ja Gras! es ist grün! da hat's Wasser … Statt dessen war alles ganz dürr, ganz Spanien war dürr.

Der Steinmetz nahm einen Stein, stiess ihn hinunter und lauschte, wie er rollte – ein Zeichen dafür, dass da kein Abgrund war; und so stiegen sie, halb gehend und halb rutschend, im Finstern hinab bis zu einer Hütte, wo sie alle gleichzeitig aus den Krügen trinken wollten, die sie aus dem Ziehbrunnen heraufkurbelten – und er, mit vorgehaltenem Revolver, hiess sie einen nach dem andern trinken. Dann legten sie sich hin, hundemüde.

Doch gab's da nicht viel zu schlafen; nach einer Weile

schreckte er sie aus dem Schlaf, weil die Faschisten kamen: weg! Elend und wie vor den Kopf geschlagen im Zwielicht des Morgengrauens! Wo befanden sie sich?

Sie kamen auf eine Staubstrasse und entdeckten die Fussstapfen der Republikaner im Sand; ihnen folgten sie und schleppten auch eine Kuh hinter sich her, um sie nicht dem Feind zu überlassen, als das Geknalle und Gepfeife der Geschosse sie auf den Boden nagelte: es waren die Genossen der Abteilung Lister, die sie fälschlicherweise für Faschisten gehalten hatten.

Sie hatten kaum Zeit, den Kameraden die Kuh zu übergeben – so konnten sie wenigstens ein bisschen gutes Fleisch essen und nicht immer nur Maultier und Esel –, als auch schon die Panzer der Nationalisten da waren: über die Strasse fliehen oder durch den Wald?

Die Flugzeuge der Legion Condor schossen, die Schweinehunde.

Nieder, zu Boden! Ich habe dir doch gesagt, wir sollten durch den Wald gehen!

Herrgott! Alles brennt, die Brandbomben!

Sie flüchteten sich in einen Tunnel, bis zum Eindunkeln; dann fanden sie die von der Garibaldi, blieben da, um Stellungskrieg zu führen.

«Donde està el suizo?», fragte eines Nachmittags auf der Strasse nach Ginestar die Frau den Soldaten mit der offenen Jacke und dem Daumen unterm Riemen seines Gewehrs, das hinter der Schulter hervorschaute.

Der sah sie an, angezogen von ihren tiefen Augen; was wollte sie vom *suizo?*

Sie hatte ein Päckchen für ihn.

Der Soldat machte ein Zeichen mit dem Daumen.

Tonio patroullierte in der kalkigen Stille des menschenleeren Dorfes: der Befehl lautete, es sei zu verhindern, dass die Zivilisten wieder in ihre Häuser zurückkehrten, wenn sie zu nahe an der Front lagen.

«Wenn du mich passieren lässt, sage ich dir, wo der Wein versteckt ist ...»

Sein Gesicht erhellte sich. Er folgte der Frau in ein Gässchen.

Da traten sie in ein Haus ein, zogen die Bretter und das Reisig weg: ein Lagerfass mit rotem Wein, ein zweites mit weissem Wein.

Tonio ging zurück, um seinen Freund aus Balerna zu rufen, einen Handlanger, den er in Zürich kennen gelernt hatte und der ein tschechisches Maschinengewehr mit Trommelmagazin hatte.

«Giglio, ich habe den Wein gefunden!»

«Wo, Bolda?»

«Komm!»

Giglio wurde vom blossen Anblick schon betrunken: was für eine Wohltat; lange schon hatten sie von diesem spanischen Wein geträumt!

Sie füllten zwei Fässchen ab und brachten sie auf einem Karren ins Kantonnement; doch einer der Freiwilligen gab sich in jener Nacht allzu zügellos dem goldenen Wein hin und dann, nachdem er zu Boden gerollt war, wo er den Rausch ausschlief, vergass er den Zapfhahn zu schliessen, der Tölpel, und der Wein floss aus, den Durst der trockenen Erde unter den Ölbäumen zu stillen.

Giglio, der erste Freund von Tonio, war an einem schwülen Nachmittag gerade dabei, sich unter einem Baum von den Flöhen zu säubern, als sich ihm ein Feldweibel näherte und sagte, er solle sich beim Kommando des zweiten Bataillons melden.

Giglio stand vom Boden auf und zupfte sein rotes Foulard ein wenig zurecht. Düster floss dort vorn der Ebro, der die Leichen so vieler seiner Kameraden mit sich hinabgetragen hatte: die Republikaner hatten ihn in einer mondlosen Nacht auf Barken und Pontonbrücken überquert und die Gegner überrascht, doch dann hatten die Flieger von Franco und Hitler den Augusthimmel verfinstert mit ihren Bomben und ein Blutbad ohnegleichen angerichtet.

Sehr grossgewachsen und hager, mit jenen langen Armen, die an den Ufern des Zürichsees die Wimpel der Faschisten heruntergerissen hatten, und mit Händen, breit wie Schaufeln, aber geschickt, wenn es galt, dem reichen betrunkenen Bauern im Niederdorf eine Brieftasche herauszuziehen, mit den Beinen eines Kletterers im Gebirge oder auf Baugerüsten, so machte er sich auf zu einem Haus, das zwischen den Korkeichen auf dem Hügel verborgen war.

Als er beim Kommando angelangt war, sagte ihm der

Hauptmann, er habe von seinem Mut sprechen hören – nun, es gehe um einen Handstreich, und man suche zwölf Freiwillige dafür.

«Du hörst es doch, das Megafon jenseits des Flusses, das jeden Abend Propaganda macht?»

«Ich bin nicht taub.»

«Man muss es zum Schweigen bringen. Kannst du schwimmen?»

«Ja.»

Der Hauptmann öffnete die Schublade und zog ein Päckchen Gauloises heraus.

«Hast du keine Angst?»

«Ich bin nicht nach Spanien gekommen, um den *pasodoble* tanzen zu lernen.»

Also wurde der Angriffsplan vorbereitet.

Als mit dem Längerwerden der Schatten die faschistische Stimme wieder mit ihren Litaneien einsetzte («Rojo, hijo de puta, toma las alpargatas! Ven con nosotros! Aqui tenemos pan y trabajo. Los que os mandan, son todos asesinos. Pasad con nosotros!»), durchquerte Giglio schwimmend den Ebro, das Skoda-Maschinengewehr, verpackt in einem Luftschlauch, quer über die Schultern, und als er am gegenüberliegenden Ufer angekommen war, gab er mit seiner Taschenlampe das Zeichen «Weg frei!».

Die elf Polen und der asturische Feldweibel, welche die Gruppe bildeten, überquerten den Fluss im Boot, dann alle zusammen das steile Ufer hoch; sie teilten sich auf, sechs auf jeder Seite, und drangen fächerförmig, wie Nattern kriechend durch das reife Korn, bis ein derber Fusstritt von Giglio die Tür zum Mannschaftsraum aufsprengte:

«Anda!»

Die Schiesserei begann.

Die Faschisten hatten keine Zeit zu reagieren, einige wurden von den Kugelgarben niedergemäht – unter ihnen der Pfarrer, der das Megafon noch in Händen hielt; acht wurden gefangen genommen.

Dann brach das Kreuzfeuer zwischen Republik und Faschisten los, während das Boot mit den Gefangenen über den Ebro zurückfuhr.

Der asturische Feldweibel, der auf dem Boot stand, wurde von einer Maschinengewehrgarbe getroffen, fiel in den grossen Fluss und konnte gerade noch «Madre mia!» rufen. Seinen Posten nahm Giglio ein, der eine neue Baskenmütze bekam, mit dem Gradabzeichen eines Feldweibels und dem Roten Stern.

Von seinen anderen Tessiner Freunden sah Tonio den Gipser aus Stabio hinter dem Maschinengewehr auf der Sierra de Caballs. «Hau ab! Hau ab!», rief er ihm von der Höhe eines Grates zu, als ob der Freund inmitten dieses Geknatters seine Stimme hätte hören können; dann sah er ihn zu Boden stürzen, im Rücken getroffen. Er konnte nichts tun, nur davonlaufen, seine eigene Haut retten, sich aus dem Inferno herausreissen und im Grün der Steineichen verschwinden bis zur Nacht.

Er irrte ein paar Tage lang mit einem Trupp Versprengter umher.

Als sie einen Lastwagen der Küche, der für ein anderes Bataillon bestimmt war, vorüberfahren sahen, riefen sie: «Halt! Runter! Her mit dem Essen, auch für uns!» Sie luden zwei Esskisten ab.

Tonio schlug sich den Bauch voll mit Bohnen, Linsen und Maultierschnitzel, mit allem, was er in jenen Tagen nicht gegessen hatte.

In der Nacht ein gewaltiger Durst: er trank von einem Sodbrunnen, doch war das Wasser verseucht, und er wurde krank.

Nach einigen Tagen brachten sie ihn auf einen Sanitätsposten unter einem Zelt, hinter der Front, dann luden sie ihn auf eine Ambulanz und steckten ihn in ein Spital in der Nähe von Tarragona, wo der Arzt ihm riet, die Heimschaffung zu beantragen, weil sie ihn da nicht gesund pflegen konnten. Oder wolle er in Katalonien sterben?

Zehn Monate waren vergangen, seitdem seine Mutter ihm geschrieben hatte: «… wenn du diesen Brief erhältst, heisst das, du sollst heimkehren. Deine Mutter.» Nun war aber der Augenblick wirklich gekommen, sich aufzumachen: die Internationalen Brigaden hatten sich aufgelöst, die Krankheit raubte ihm alle Kräfte, der Winter nahte. Der Krieg war verloren.

6

In Barcelona beschien die Herbstsonne die *ramblas*.

Als Tonio die Zigarette anzündete, drängten sich die Leute rings um ihn, um den Rauch zu schnuppern und die zerrissene Uniform und die schlotterigen *alpargatas* anzugaffen. Die Kinder bettelten um einen *cachito de pan*.

Er ging quer durch die Stadt. Beim Eindunkeln sah er in einem Bahnhof ausserhalb Barcelonas einen Zug voller Leute, und er stieg in einen Wagen, einen von denen, die er als «für Pferde acht, für Menschen vierzig Plätze» in Erinnerung hatte. Der Güterzug durchfuhr Katalonien mit seiner geschundenen Menschenladung; Gott weiss, wohin er fuhr. Vor Figueras stieg Tonio aus und legte sich in einen Strassengraben schlafen.

Im Morgengrauen machte er sich zu Fuss auf den Weg, und als es wiederum Abend war, gab er einer Frau ein Stück Seife, und sie zeigte ihm, wo Frankreich lag. Er drang vor in die finsteren Pfade der Pyrenäen, hinein in die Bachbetten, wo der Ton der Schritte weithin hallte, unter Bäume, von denen von Zeit zu Zeit der Ruf des Käuzchens kam.

Dann verstummten die Vögel und das Geraschel im Wald wurde vom heftigen Rauschen des Regens übertönt. Tonio kam zur Hütte, die ihn beherbergt hatte, als er gerade in Spanien angekommen war, die Hütte mit dem grossen Kochtopf, und als er von einer Ecke aus durchs Fenster schaute, sah er die Grenzwächter, die ihre Pelerinen über die Stühle gehängt und die Schuhe an den Ofen gelehnt hatten: das war der richtige Moment. Dieser schlimme Wolkenbruch hielt die Grenzwächter von ihrem Kontrollgang ab. Er kam im Gewitter nach Frankreich hinüber, und auf der Flucht verlor er seine Ausweise.

Am folgenden Morgen war der erste Mensch, den er traf, ein Fuhrknecht, dem er seine durchnässte Decke gab im Tausch gegen ein halbes Päckchen *tabac gris* samt Zigarettenpapier und Streichhölzern.

Der zweite war ein Gendarm, der übers Brückengeländer lehnte und den infolge des Unwetters angeschwollenen Fluss betrachtete.

Er tippte ihm auf die Schulter.

Auf dem Polizeiposten meldete der Gendarm seinem Vorgesetzten hinterm Schreibtisch: «*J'ai arrêté cet homme.*»

Für ein paar Tage wurde er zusammen mit einem Jugoslawen, der aus der Fremdenlegion entwichen war, in eine Zelle gesteckt; sie bekamen Streit. Dann luden sie ihn in einen geschlossenen Wagen und transportierten ihn ab; als sie die Tür öffneten und ihn aussteigen hiessen, sah er ein grosses Gebäude mit der Aufschrift PRISON DE PERPIGNAN. Er sagte:

«*Mais je ne veux pas aller en prison, je veux aller en Suisse!*»

«*C'est la loi, monsieur.*»

«*Quelle loi?*»

«*Ceux qu'on trouve sans papiers, la première fois c'est un mois de prison.*»

In dem grossen Raum begann, kaum war das Licht aus, der Tanz der Wanzen und der Läuse. Am Tag kackten die Zigeuner absichtlich dann, wenn die anderen am Essen waren: gekochtes Wasser und Brot am Morgen, am Mittag Gemüsesuppe mit Kohl, den man im Abfall auf dem Markt aufgelesen hatte.

Sie liebten die Spässe, die Zigeuner. Sie rauchten, warfen die Stummel weg, und wenn du sie aufheben wolltest, zertraten sie sie gerade vor deiner Nase.

Wer Geld hatte, liess sich Essen von draussen bringen.

Tonio war pleite, und sein Pritschennachbar, ein sardischer Anarchist, der sechs Monate absitzen musste, gab ihm die letzten drei Franken, die er besass, um Briefpapier, Umschlag und Marken zu kaufen. Tonio schrieb nach Hause. Nach einiger Zeit kam Geld von der Mutter, vom Onkel, von den Brüdern, von der Schwester: Tonio wurde der reichste Insasse des Gefängnisses von Perpignan.

Es ging ihnen gut, ihm, dem sardischen Anarchisten, ausgewiesen aus allen Ländern, den drei Amerikanern und den beiden kubanischen Heimkehrern aus dem Spanischen Krieg. Der Prozess spielte sich in Le Serrez ab.

Obwohl Tonio kein Wort Englisch konnte, diente er den Amerikanern als Dolmetscher, dann zog er die Knastkleidung an und wartete zwei Tage, dass sie ihm die Kleider desinfizierten. Bevor er fortging, kehrte er in die Zelle zurück, um sich von seinen Freunden zu verabschieden. Der Anarchist fing an zu weinen:

«Schreib mir. Sag jemandem, er solle mir schreiben; das habe ich gern. Ich habe niemanden.»

Tonio liess ihm ein paar hundert französische Francs zurück.

Als er später wieder im Tessin war, schickte er ihm Briefe, Geld und Pullover. Der Anarchist schrieb: «Bin an der Schweizer Grenze gewesen, aber zurückgewiesen worden.»

Beim Ausbruch des Zweiten Weltkrieges wurde er in ein Konzentrationslager am Fusse der Pyrenäen überführt. Er schrieb aus dem *Camp du Vernet d'Ariège:* «… hoffen wir, dass die Menschen in Europa sich menschlicher und weitherziger wiederfinden werden», oder er wies hin auf die «Übel der Gesellschaft, die in dieser letzten Zeit auf der ganzen Welt wüten». Er beklagte sich über den Winter, «der hier früh einsetzt, und dieser wird noch schlimmer sein als die früheren».

Er schrieb auch an die Schwester von Tonio, wenn er die zwei Francs fünfzig für die Briefmarken hatte.

Dann händigte Laval ihn dem Duce aus, und der sardische Anarchist schrieb nicht mehr.

«Le ressortissant suisse Boldini Antoine, né le 8 août 1911 à Arzo (Suisse), volontaire étranger retour des Brigades Internationales, est autorisé à se rendre au Consulat de Suisse à Marseille avant de rejoindre la Suisse.»

Tonio stieg in Marseille aus dem Zug und ging in der Stadt umher, ein in Lumpen gehülltes Skelett, und suchte eine Unterkunft. Alle paar Schritte verlangten sie seine Ausweise, und er wies das vom *Inspecteur de Police Spéciale de Perpignan* unterzeichnete Schriftstück vor.

In einem Bistro, wo er das Stück Brot zurückwies, das der Kellner ihm gebracht hatte, da er ihn wohl für einen Bettler hielt, sagte ihm ein Algerier, der womöglich einen Dolch über dem Herzen verbarg: «Ich weiss einen guten Ort», und führte ihn in das Hafenlabyrinth; nur mit Mühe gelang es ihm, sich von diesen Sphinx-Augen zu lösen.

Niemand bot ihm einen Schlafplatz; da erinnerte er sich, dass er ja Schweizer war.

«Ah, si vous êtes suisse …»

Er hatte das Zauberwort gefunden.

Die Nacht verbrachte er in einem kleinen Hotel, ohne auf den Streit im unteren Stockwerk zu achten – es schien, als wollten sie der armen Frau die Kehle durchschneiden –, und am Morgen setzten sie ihm sogar einen Kaffee vor.

Auf dem Konsulat gaben sie ihm eine Jacke vom Roten Kreuz, in der Tonio zweimal Platz fand, und die Fahrkarte nach Genf. Er fragte, ob sie nicht einen gewissen Doninelli kannten, einen Landsmann von ihm, einen Auswanderer aus der gleichen Gegend, der sein Glück gemacht hatte in der Stadt mit einem grossen Hotel. Die hoben nur ihre Augen von dem Aktenkram, schauten einander lächelnd an: Was? Wollte der *voyou*, dieser Stromer, am Ende in eines der schönsten Hotels von Marseille gehen?

Tonio trat aus dem Büro, warf die wohltätige Jacke vom Konsulat weg, kaufte ein Paar Schuhe und ging zum Hotel Bristol in der Cannebière.

Der Patron erkannte ihn wieder und bat ihn, im Speisesaal Platz zu nehmen, wie ein Herr. Tonio setzte sich nahe zu den Mädchen, die in der Jazzband spielten. Er rieb sich die Augen und verspeiste das üppigste Essen seines Lebens.

Im Bahnhof von Genf hielten sie ihn fest.

Er kramte den Heimatschein hervor und das Dienstbüchlein, das er sich nach Perpignan hatte schicken lassen.

«Und der Pass?»

Den Pass hatte er nicht; den hatte er verloren in Frankreich bei der Weinlese ...

Gerade wollte er gehen, als er spürte, wie eine Hand ihn zurückzog und eine Stimme ihn aufforderte, er solle da warten.

Auf dem Posten zog der Gendarm vor Tonio ein Buch hervor, blätterte darin, legte den Finger auf eine Seite und sagte, indem er ihn scharf ansah:

«*Vous venez d'Espagne.*»

Alles andere als «*deux jours, trois jours*»! Er verbrachte mehr als drei Wochen in Saint-Antoine, doch war das kein Vergleich mit dem Gefängnis von Perpignian: hier gab es genug zu essen, er konnte im Garten spazieren gehen, es hatte einen Strohsack, einen Fussboden aus Holz.

Als die fünfundzwanzig Tage vorüber waren, brachten

sie ihn im Auto zum Bahnhof, zwei vorn, zwei hinten und er zwischendrin, wo er Stösse mit den Ellenbogen kriegte Fusstritte gegen die Knöchel, ohne etwas sagen zu dürfen. *«Sale communiste», «salaud!»*, sagten die *flics* und schlugen zu; schliesslich bugsierten sie ihn in einen Bahnwagen Vierter Klasse, und zwar in einen vergitterten Gefängniswagen, wo kaum zum Sitzen Platz war; auch vor vier Jahren, als er ohne Arbeit in Bern herumlief, hatten sie ihn per Vierter Klasse nach Hause spediert.

7

«Die Muttergottes ist es, die ihn bestraft hat, weil er für die Roten kämpfen gegangen ist», zischte die Weisse Schlange im feuchten Grund seines Hofes, und im Dorf ging das Gerücht um, der Freiwillige habe einen Arm verloren. Einer behauptete schlichtweg, er habe sein Leben gelassen, dort unten in Spanien.

Als er aber zur mächtigen Linde kam, unter der unentwegt der Gaggiolo fliesst, da sahen die Kinder wohl, dass die Arme gesund waren, und sie waren enttäuscht.

Er war mager, leidend, doch immer noch imstande, den Schlappschwanz auf der Grossratsliste am Genick zu packen, ihn, der, mit eingeseiftem Gesicht auf dem Sessel hingelümmelt, dem Barbier – der zog gerade das Messer ab – gesagt hatte:

«Sie hätten ihn zum Tode verurteilen sollen.»

Er stellte ihn. Der ehrenwerte Kandidat suchte sich herauszureden, indem er sagte, es sei nicht wahr, einfach nicht wahr. Und er:

«Aufgepasst! Mich haben sie nicht zum Tode verurteilt, ihr aber, ihr habt nicht mehr lang zu leben.»

Tatsächlich, kurz darauf starb er. Tonio sagt, um ein bisschen anzugeben, vor lauter Angst; doch war's ein ganz gewöhnlicher Wahlinfarkt.

Bei der militärgerichtlichen Verhandlung präsentierte sich Tonio zum Entsetzen des Gerichts mit den Händen in den Hosentaschen.

Der Grossrichter war ein Oberst, Tonio kannte ihn: er hatte die Eröffnungsansprache gehalten zur Einweihung des Sportplatzes in seinem Dorfe, eben der da, und hatte mit bebender Stimme verkündet, dass man sich am «Führer des benachbarten Königreiches» ein Beispiel nehmen sollte.

«Was ist dir nur eingefallen, nach Spanien zu gehen?»

«Das ist meine Sache, das geht Sie nichts an.»

«Pass auf! Ich bin ein Freund von deinem Vater, von deinem Onkel. Meine Tochter hat mir erzählt, wie gut dein Bruder Saxophon spielt und Klarinette …»

«Wenn mein Bruder gut spielt – ich schiesse gut.»

«Wer hat dir das Geld gegeben, um fortzugehen?»

«Von Ihnen hab ich's ja wohl nicht verlangt. Eine gewisse Person hat es mir gegeben.»

«Wer?»

Das war die Frage, auf die der Freiwillige, der vor ihm im Gerichtssaal dran gewesen war, mit einer groben Grimasse der Geringschätzung geantwortet hatte.

«Sie können lange warten, bis ich es Ihnen sage. Ich will hier tot umfallen, wenn Sie je erfahren, wer es mir gegeben hat.»

Da wechselte der Grossrichter noch einmal die Tonart:

«Ich kann es einfach nicht verstehen, aus so einer Familie … Wie ist so was nur möglich …»

«Meine Einstellung ist antifaschistisch und antikapitalistisch. Und ich bin bereit, schon morgen wieder auszuziehen, um sie zu verteidigen. Gebt mir ruhig drei, gebt mir vier, gebt mir sechs Monate – ich sitze sie ab. Ich sitze sie in Ehren ab. Fertig, Schluss.»

Sie brummten ihm drei Monate Gefängnis auf und fünf Jahre Einstellung in den bürgerlichen Rechten.

Danach urteilte ein Auditor:

«Boldini hat sich schlecht aufgeführt beim Prozess.»

Und ein anderer:

«Schau, ich habe im Dienst die Mendrisiotti unter mir gehabt: sie sind alle *terra matta*.

8

Ich sehe Tonio im Gemeindesaal eines Dorfes der Montagna am Abend des Podiumsgesprächs zur Überfremdungsinitiative, in Anwesenheit von Schwarzenbach und Oehen.

Ein trübseliger Abend, mit den Scheinwerfern, die auf die Sonntagskleider gerichtet waren, dem Kameramann auf der Suche nach einem hübschen Püppchen für seinen Bildausschnitt, mit den Gladiolen, in Zellophan eingewickelt und für die Übergabe bereit, dem Händedruck zum Abschluss – sie rollen ihnen sozusagen den roten Teppich aus, empfangen sie mit Blasmusik und Merlot, die Abgeordneten, welche die fremden Arbeiter aus der Schweiz hinauswerfen wollen.

Peinlich, wie die neureichen Damen und die Gattinnen von Parlamentariern aufgeregt zur Diskussion herbeieilen, nur damit sie sich dann am Fernsehen betrachten können, die Wirtschaft mit den Polizisten in Zivil, an die Theke gelehnt, wo sie ihren Frizzantino trinken, so, als sollte man glauben, niemand mehr erinnere sich des eigenen Blutes, niemand der Tessiner Tippelbrüder, die von Dorf zu Dorf zogen, von Hof zu Hof, um Arbeit zu suchen, der Burschen wie der jungen Mädchen, die jeden Morgen über die Grenze gingen, um sich in den Spinnereien abzumühen und in den Papiermühlen von Maslianico und wie sie am

Ersten Mai eine Decke auf den Wiesen von Quarcino ausbreiteten für das Fest der Arbeit – man hätte meinen können, dass das Echo der Schritte ihrer Steinmetz-, Maurer- und Gipserahnen auf Strassen und Wegen halb Europas aus dem Gedächtnis dieser Dörfer gelöscht sei.

Unter den Scheinwerfern des Fernsehens hat das Theater begonnen. Es glänzen die Lippen der Unternehmersgattin, die, trifft sie die Lehrerin ihres Sohnes, im *passato remoto* spricht, als wären wir in Florenz, und die den guten alten Zeiten nachtrauert, als man noch in der schwarzen Schürze ins Gymnasium ging, was doch alle gleich machte, sie, die Tochter des Arztes, und die des Eisenwarenhändlers, beide so tüchtig in der Satzzerlegung; es glänzte das Rot auf ihren Lippen, auf denen nun – Achtung! – das Lächeln einfriert, weil die junge Lehrerin neben ihr ungeduldig aufgestanden und weggegangen ist, darob auch noch das Glas von Schwarzenbach umgestossen hat (wer weiss, die Zeitungen, morgen!); nun steht die Dame mit dem *passato remoto* da, empört, beleidigt in ihren freien und schweizerischen Gefühlen, sie, die alles nur Erdenkliche getan hat, um ihren Sohn fernzuhalten von allem Schändlichen, ihn nicht mit dem Sohn des Schreiners verkehren zu lassen, der so Dinge sagt, ja geradezu Unflätigkeiten in den Mund nimmt, sie, die ihren Sohn erzogen hat zum Rassisten (das ist eine Einstellung wie jede andere auch: der eine ist Katholik, der andere Atheist, und sie ist Rassistin. Leben wir denn nicht in einer Demokratie?), sie muss sowas mit ansehen! Eine Erzieherin, die öffentlich eine solche Haltung einnimmt! Gegenüber einem vom Souverän ins Parlament gewählten Bürger?

Im empörten Publikum ist auch der Hauptmann mit dem Nazigesicht, jener, der in einem Wiederholungskurs vor ein paar Jahren – er war abends spät ins Kantonnement zurückgekehrt voll von Whisky, den er sich mit Stielaugen auf den Ausschnitt der Barmaid auf einem Hocker genehmigt hatte – all seine Gebirgsfüsiliere auf den Platz hinauskommandierte samt Helm, Gewehr, im Kampfanzug, mit Notration, Schanzwerkzeug, den Ordonnanzschuhen und Gamaschen und den Hauptmann zu spielen anfing, gerade wie in jenen männlich-harten amerikanischen Filmen; vor seinen halb schlafenden, halb verärgerten Männern sagte er, dass sie sich aufführten «wie die Bergamasken und die aus dem Veneto, die unser Land verseuchen». Er sagte es als feiger Wicht: vor einer Kompanie in Achtungstellung, sodass, wenn sich einer bewegte, er ihn einlochen liess und der seinen Samstagurlaub davonschwimmen sah.

Da ist auch der Besitzer eines kleinen Fabrikbetriebes, der einer Hemdenschneiderin aus Apulien mit drei Kindern und Rückenschmerzen Fr. 4.60 in der Stunde zahlt, unter dem Gewerkschaftstarif; da sind ja schliesslich die Grenzgängerinnen aus dem Gebiet um Varese, die nur darauf warten, die Stelle der Süditalienerin zu bekommen: wenn du zufrieden bist, gut, andernfalls scher dich!

Draussen finde ich Tonio. Er hat weisse Haare, ein Pferdegesicht, gezeichnet von den Jahren und von einem Schlag auf die Nase, den er eines Nachts eingesteckt hat, als er betrunken heimkehrte, und mit Augen, die, schaust du ihn eine Weile an, dich hypnotisieren.

Er wollte eigentlich rufen: «Nieder mit dem Nazitum!», doch im Saale hatten ihm die Herren der Organisation, die ihn genau kennen, bedeutet, er solle ruhig bleiben.

Auch er ist weggegangen, angeödet, wie die schlecht erzogene junge Lehrerin und wie ich.

Wie nun auch die anderen kommen, setzt sich Fernando einen schwarzen Hut auf, und Tonio führt die Szene von damals auf, als sie die Faschisten am Ufer des Ebro überfielen.

«Nieder mit den Roten!», schreit Fernando, den Hut bis auf die Ohren herabgezogen. Tonio stürzt sich auf ihn und fuchtelt dabei so mit dem Messer, dass Fernando anfängt, wirklich Angst zu bekommen.

Inzwischen sind auch die, welche den Rassisten zulächeln, in die Wirtschaft gekommen, jene, die ihnen die Hand gedrückt haben, als wären sie die Retter des Vaterlandes; da schlägt jemand vor, zu Tonio nach Hause zu gehen, um eingemachten Maifisch zu essen.

In der Februarnacht erscheint vor uns das Rot des Porphyrsteins, dann der Kirchplatz, wohin Tonio die Posaune spielen kommt, wenn er im Zustand der Gnade ist.

Der Hof. Unvermittelt ein Schrei von Tonio. Bevor wir hinein gehen, bleiben wir unter der Tür stehen und betrachten die bunten nackten Frauen, die die Pfarrer fernhalten und die Weisse Schlange.

In der Küche warten lange silbrige Maifische, im Öl ertränkt, neben Traubenbeeren in Grappa eingelegt.

Tonio erzählt aus der Faschistenzeit, als er und Rico in Mendrisio den *Topolino* der Parteigenossen von Varese umwarfen. Und aus der Zeit, als sie herumgingen und zu den Faschisten sagten, indem sie auf das Abzeichen im Knopfloch der Jacke zeigten: «Weg mit der Wanze da!» Oder sie rissen sie ihnen ab.

Und aus der Zeit, da sie in Lausanne während der Kundgebungen Kugeln auf den Asphalt warfen, damit die Pferde der Polizisten ausglitten. Und von der Zeit, da sie ihn scheel ansahen, nach Spanien, und die «Polizai» ihm auf den Fersen war und ihn verhörte und ihm einer in Zürich das Parteibüchlein abnahm und er keine Arbeit fand. Mit Sicherheit wollte er nicht in die Fabrik von Schaffhausen gehen, wo sie Munition für Hitler machten. Also bedeutete es eine besondere Gunst, «Arbeiten von nationalem Interesse», Strassen und militärische Befestigungsanlagen in den Kantonen der Innerschweiz zu verrichten unter den schrecklichen Bergen, auf dem Susten und in den Baracken des Lucendro, nur um Kartoffeln voller Augen zu essen.

Dann, den Tragriemen mit dem Wäschekorb über den Schultern, wiederum Zürich: Flickarbeiten und solche mit dem Stockhammer, Pflaster anmachen, Bahnwagen putzen auf dem Bahnhof, Teller waschen, dem Marroniverkäufer auf der Bahnhofstrasse helfen, auf der Posaune «Come un sogno d'or» spielen.

Ist's jetzt fertig, Tonio?

Nein, es ist nicht fertig, heute Abend hat es noch Geschichten. Jene mit dem *Fuulebrueder,* als sie ihn gefragt hatten, warum er keine Militärsteuer zahle, und er:

«Ich bin Stier. Ich zahle keine Militärsteuer.»

«Alle Ticinesi *Fuulebrueder.*»

«Besser *Fuulebrueder* als Verräter.»

«Acht Tage!», hatte der Beamte geschrien und dabei mit den Fäusten auf den Tisch gehauen; dann hatte er ihn ins Gefängnis der Kantonspolizei abgeführt.

Und da ist noch die Geschichte von dem Tessiner mit dem geölten Mundwerk und den flinken Fingern, der ihm in Zürich eines Abends nach dem Billard das Märchen von seiner alten Mutter erzählt hatte, die im Val Colla im Sterben liege, und dass er, der mittellose Sohn ohne Ausweise, nicht wisse, wie er es anstellen solle, zu ihr zu gehen, um ihr im Todeskampf beizustehen. Ob Tonio ihm nicht für ein paar Tage die Legitimationskarte leihen könne? Er werde sie ihm zurückgeben.

Doch der Windhund hatte sich auf Nimmerwiedersehen davongemacht und war auf Diebestour in der Schweiz umhergezogen, stets diese Karte bei sich, und da die «Polizai» ihn nicht erwischte, verabreichten sie Tonio weitere 14 Tage Mehlsuppe und Brot. Einziger Trost war der Name des Tessiners, der mit einem Taschenmesser in die Zellenwand eingekratzt war: es war ein Bekannter von ihm aus der Montagna, ein armer Kerl wie er, der sein Andenken in einem Schweizer Gefängnis hinterlassen hatte.

Ist's jetzt fertig, Tonio?

Die hellen Augen schauen umher: er will uns alles geben, die Salami, die Trauben im Grappa, die silbrigen Maifische, das Stück Marmor mit den Fossilien, im Wirrwarr der kalten Küche eines Mannes, der allein lebt.

«Wo ist meine AHV?»

Er sucht hier, sucht dort, hebt die Tischdecke: dann zieht er hundert Franken unter dem Tuch hervor.

Oben hat er ein Gespenst. Ob wir ein Gespenst sehen wollten? Tonio setzt sich den breitkrempigen Hut auf den Kopf und setzt die Posaune, die an einem Nagel an der Küchenwand gehangen hat, an die Lippen. Die Posaune glänzt wie die Maifische und wie seine Magieraugen. Tonio behandelt sein Instrument behutsam, wahrlich nicht wie jenen tollwütigen Hund, der ihn in der Nähe der Brücke in einer Augustnacht ansprang: er erwürgte ihn, erwürgt ihn noch mit diesem Gesicht voller Wut, dem kein Hund widerstehen könnte.

Er bläst in die Posaune, doch schliessen die Lippen schlecht am Mundstück, und es kommt nur ein scherbelnder Ton heraus. Da spricht er mit seinen toten Brüdern.

Dann setzt er von neuem an: «Wieder sind die Rosen da» und «wie ein Traum aus Gold», und die Töne kommen klar und sauber heraus.

Er geht behutsam um mit seiner Posaune, heute Nacht,

wo all die ehrsamen Leute ihre Jacken schon über die Kleiderbügel gehängt haben werden: Schaut ihn euch an, den alten Freiwilligen aus dem Spanischen Bürgerkrieg, lacht nicht über seinen Wein, denn sieben Leben hat er und wird eines Tages kommen, bei eurer Leiche zu wachen, wie er es schon für den armen Vezio getan hatte, und so viel trank er mit seinen Kameraden zusammen auf dieser Totenwache, dass sie sich am Schluss nicht mehr kannten. In der Küche waren sie zu viert; einer war fromm und betete den Rosenkranz, und die anderen echoten: «*Abrenuntio satana*» – «*Ora pro eis*» – «*Amen*», während im oberen Geschoss der Tote ruhte. Von Zeit zu Zeit gingen sie ihn besuchen, und Domenico, der Kaminfeger, dem sich niemand an die Fersen heftet, wenn er auszieht, und der sich nie im Auto mitnehmen lässt, beugte sich über den Toten, umfasste in der Dunkelheit weinend dessen Gesicht und sagte: «Gell, du bist nicht tot?», und gab ihm einen freundschaftlichen Klaps, so dass das Gesicht sich auf die andere Seite drehte: «Nicht wahr, du bist nicht gestorben, Vezio?»; doch der arme Vezio, ein Maurer, der das Lachen in Gesellschaft so geliebt und viele Male ergriffen dem Bruder von Tonio gelauscht hatte, dem besten Bassposaunisten der Schweiz, wenn er die «Norma» oder den «Wilhelm Tell» spielte, er blieb unbeweglich auf dem Bett in seinem Sonntagsanzug. Witzelt nicht so vorlaut, denn eines Tages wird Tonio mit seiner Posaune kommen und an eurem Grab die Internationale spielen.

Teilnehmendes Erzählen
von Fabio Soldini

Der Titel als Schlüssel zur Lektüre

«Schau, ich habe im Dienst die Mendrisiotti unter mir gehabt: sie sind alle *terra matta*.»

So urteilt, im vorletzten Kapitel, einer der Richter im Prozess gegen den Protagonisten der letzten der drei Erzählungen, die diesen Band bilden. Mit «Mendrisiotto» ist der Heimkehrer aus dem Spanischen Bürgerkrieg gemeint, der auf Seiten der Antifaschisten gekämpft hat und deshalb bei seiner Rückkehr in die Schweiz ins Gefängnis kommt.

Am Ende des Buches wird klar, warum der Erzählband «Terra matta» heisst. Zwar ist auch die erste Erzählung so überschrieben, doch zieht sich der Titel wie ein roter Faden durch alle Texte, auch der Klang der Wörter weist darauf hin: «Terra matta» alliteriert mit «Mattirolo», Protagonist der ersten Erzählung, hallt in «Tonio» nach, Protagonist und Titel der dritten, und wird wieder aufgenommen in «Manifattura tabacchi/Die Tabakmanufaktur», wie die mittlere Erzählung heisst. Alle drei – und wir befinden uns immer noch im selben phonologischen Spiel – sind im *Mendrisiotto* angesiedelt, dem Ithaka, dem «point de repère» des Schriftstellers Nessi. So wird «Terra matta» zu einem anspielungsreichen Titel: es handelt sich um ein unproduktives Land, also oberflächlich gesehen unnütz wie «funghi matti», Giftpilze, die zum Zertreten auffordern.

«Terra matta» ist in Nessis Buch das Mendrisiotto, da es die «terramatta» hervorbringt. Nicht so sehr die geographische Gegebenheit ist bestimmend, sondern die ethischsoziale. Die «terramatta» zeichnen sich durch ihre Zugehörigkeit zur Schicht der Armen und ihren Willen zur Auflehnung aus. Semantisch ähnlich den «terroni». Die Schnittstelle findet sich zum Beispiel in einer Erzählung von Giuseppe Marotta, in der der nach Mailand gezogene Süditaliener, der sein Osterlamm schlachten will, doppelt beschimpft wird, erst als «terrone», dann als «Mörder! Terra matta! Bestie! Kanaille!»[1]

Bei Nessi findet sich von Anfang an der semantische Strang, der dann den Titel des dritten Gedichtbandes «Rasoterra»[2] und den des ersten, übrigens aus der gleichen Zeit stammenden Prosabands bestimmt. Man kann den gesamten paradigmatischen Bogen durchgehen, angefangen bei «I giorni feriali», dem ersten Gedichtband von 1969.[3] In «Cronaca/Chronik» (in der deutschsprachigen Auswahl S. 18–23), dem Text mit dem frühesten Datum (1964), wird «terrone» neben «testa matta» gestellt (und der Blick des Schriftstellers ist schon voller Sympathie); in «Appunti per una storia/Notizen für eine Geschichte» (S. 29) wird der «Terrone, der geächtete Süditaliener», auf bedeutsame Weise dem «geschniegelten Verlobten» vorgezogen von dem «Mädchen, das im Büro erstickt». In der zweiten Sammlung «Ai margini» von 1975 begegnet das erzählende Ich auf der «Strasse der Irren» «einem von ihnen», fragt ihn und hört «eine endlose Geschichte».[4] In «Rasoterra» von

1983 kehren die «Verrückten auf Ausgang» (S. 79) wieder, der «Frühling der Verrückten»[5], der «Irre auf der gelben Bank des Omnibus»[6], «der Alte aus Casvegno» (der Irrenanstalt von Mendrisio), dessen «alltägliche Worte» den Autor zum «Gefährten der einfachen Leute, der Verborgenen, der Entstellten»[7] machen, und man begegnet dem «Haus der achtzehn Süditaliener» (S. 77).

Auf Quellensuche

Es gibt Schriftsteller, die ihren Erzählstoff erfinden, und andere, die ausserhalb ihrer selbst bestehendes Material bearbeiten. Nessi gehört zur zweiten Kategorie: er liebt es, Geschichten neu zu erzählen. In «Terra matta» sind seine Quellen geschriebene Texte und mündliche Zeugnisse. Zum Teil legt er sie offen, zum Teil lässt er sie durchsickern, zum Teil versteckt er sie. Die ausdrücklich genannten sind Prozessakten, damalige Zeitungen, Festreden, Erinnerungen von Überlebenden. Da Nessi sie selbst genannt hat,[8] wollen wir uns Erzählung für Erzählung anschauen, um welche Quellen es sich handelt und wie sie benutzt wurden.

Die erste Erzählung

«Terra matta», Geschichte in zwei Bildern, erzählt von dem Zusammenstoss zwischen dem volkstümlichen Fanatismus der klerikalen Reaktionäre der zweiten Hälfte des 19. Jahrhunderts, den *«oregiatt»,* und dem – ebenso intensiven – Fanatismus der liberalen Progressisten. An die Spitze stellt sich Luigi Pagani, genannt Mattirolo, der Blut vergiesst und flüchten muss. Er meldet sich erneut, als die österreichische Blockade an den Tessiner Grenzen die Weizeneinfuhr verhindert; diesmal als Bandit, aber einer der seltenen Sorte der «Passator cortesi» und der Robin Hoods, die die Reichen bestehlen, um die Armen zu beschenken. Als Anführer einer kleinen hungrigen Volksmenge versucht er, mit Waffengewalt den «carlone», den Mais, zu erobern, und ist schliesslich gezwungen, erneut zu flüchten.

Also: «Terra matta» ist erstens die Geschichte eines von «unten» erzählten Aufstands – durchgeführt von Männern, wenn auch heftig von den Frauen angestachelt; zweitens findet sich darin ein ideologisches Etikett («wir sind Freisinnige»), aber in Wirklichkeit werden ideologische Gründe nie ins Spiel gebracht (der Hunger treibt zur Tat, nicht die Ideologie, derer sich weder Mattirolo noch die anderen bewusst sind); und drittens: am Ende steht die Niederlage.

Hier nun, wie der Autor gearbeitet hat:

> «Als ich mich Ende der siebziger Jahre entschloss, mich ernsthaft als Erzähler zu versuchen (bis zu diesem Zeitpunkt beschränkten sich meine Prosaarbeiten auf eine Rundfunkerzählung – 1962 – und zwei

Bändchen für Kinder), sah ich mich gezwungen, mich mit dem Problem der Geschichte auseinander zu setzen. Die Themen, die mir am Herzen lagen, hatten in der Tat mit der jüngsten Vergangenheit zu tun und in einem Fall auch mit einer Vergangenheit, die weiter zurücklag. Beginnen wir mit Letzterem.

Die Geschichte des Mattirolo, des Banditen, der mir als Kind mit dichtem Bart und Räuberhut auf einer sepiafarbenen Fotografie erschien, ist im 19. Jahrhundert anzusiedeln. Das Foto stak übrigens im Grabstein des heiligen Simon von Vacallo über den pathetischen Worten: ‹Libertà vo cercando …›. Die Episoden, die mich interessierten, spielten sich 1843 und 1847 ab.

Die Idee war, von unten her zu erzählen. Dazu reichten die Erinnerungen des ‹Piuvisna›, eines alten Mannes aus Vacallo, nicht aus. Er bewohnte mit seiner Frau das Haus, das einst Mattirolo gehörte, und sie behauptete, sich an das Gewehr des Banditen zu erinnern, das während des Sonntags-Gottesdienstes im hinteren Teil der Dorfkirche angelehnt stand. Auch die Erzählungen der alten Bewohner von Vacallo, welche die Erinnerungen des Dorfes bewahrten, genügten nicht. Und doch war es jener Mattirolo, den ich zum Leben erwecken wollte.

Es ging darum, die Geschichte vom Volk aus zu erzählen, vom Gesichtspunkt eines Menschen, der sie selbst erlebt hatte, und nicht darum, ein Denkmal zu schaffen, für die Geschichte, für das Dorf, für die Standespersonen oder eine Partei.

Der emotionale Anstoss war vorhanden: jenes Novembergrab, jene Vorfahren, die noch immer durch mein Blut sprachen, jene Lieder, die ich in den Wirtshäusern meines Heimatdorfes gehört hatte, jene authentischen Worte, vom Fernsehgerede übertönt ... Aber Literatur lässt sich nicht mit Emotionen machen.

Ich las Bücher über das Tessin des 19. Jahrhunderts, in denen die Ereignisse auf dem Bisbino 1843 und die Figur des Luigi Pagani, ‹Il Mattirolo› genannt, auftauchen.[9] Ich fand die von der Regierung abgefassten Dokumente, zum Beispiel die Berichte des Regierungsabgeordneten, welche die Verteilung des Weizens beschrieben. Aber ich wollte die Stimmen der Brenner, der Maurer, der Bauern hören, die bei jenem gescheiterten Unternehmen dabei gewesen waren. In meiner Vorstellungskraft sah ich sie die dunklen Landstriche des damaligen Mendrisiottos durchstreifen, mit Schlagstöcken, Heugabeln und einigen Gewehren in den Händen; ebenso sah ich die Spinnerinnen und die Papiermacher von Maslianico, Rovena, Piazza Santo Stefano vor mir, wie sie in der Prozession zum Wallfahrtsort Bisbino hinaufpilgerten, einem Berg, den ich seit meiner Kindheit kannte.

Es gelang mir auch, die Stimme des Bandenführers zu hören, da ein Geschichtsschreiber aus Chiasso[10] die Aussagen eines gewissen Ambrogio Guggeri gesammelt hatte, dem Mattirolo in den letzen Jahren seines langen abenteuerlichen Lebens seine Erlebnisse erzählt hatte.

Aber ich wollte auch die Worte jener Menschen, die damals in einer Februarnacht von Vacallo ausgezogen waren, um aus den Lagerhäusern der Besitzer den ‹carlone›, den Mais, zu holen. Die Historiker hatten das Porträt des Protagonisten skizziert, sie hatten die wirtschaftlichen und politischen Beweggründe der Ereignisse gezeigt, aber die Mitglieder der Bande im Dunkeln gelassen.

Der Historiker Bertoliatti, sonst äusserst akkurat in seiner historischen Forschungsweise, beurteilte Pagani von der Höhe seiner positivistischen Überzeugung aus als einen verantwortungslosen und zwielichtigen Menschen, machte aus ihm eine Operettenfigur, einen Wüterich, der dann handelt, wenn er von epileptischen Krisen befallen wird. Wie kam es aber, dass sein Name im Kollektivgedächtnis haften geblieben war, dass seine Taten von den älteren Bewohnern von Vacallo erzählt wurden und seine Gestalt in die volkstümliche Mythologie eingegangen war, so sehr, dass man bei gewissen Anlässen in Vacallo immer noch zu sagen pflegte: ‹Wenn doch der Mattirolo da wäre …!›

Ich zog die Interpretation von Paul Hugger[11] vor, der in ihm den Repräsentanten des sozialen Bandenwesens sah; aber der Deutschschweizer Gelehrte brachte nichts Neues ausser dieser These, die ich immerhin teile: er benutzte Bertoliattis Material und interpretierte es neu.

Die Zeugnisse, die ich suchte, entdeckte ich im Kantonsarchiv in Bellinzona. Sie fanden sich in den Protokollen der Verhöre, die die Untersuchungsrichter mit den bei dem Überfall gefassten ‹Carlonisten› durchführten. Jene zufällig entdeckten Papiere waren noch von niemandem benützt worden und gaben, wenn auch durch die Feder des Schreibers filtriert, die Worte von armen Schluckern wieder, die oft nur mit einem Kreuz unterschrieben. Es ging darum, die Fakten zu erzählen, ohne diese Stimmen zu verraten.»

Die zweite Erzählung

«Die Tabakmanufaktur» erzählt von den ersten Streiks der Zigarrendreherinnen in Chiasso von der Jahrhundertwende bis in die 1920er Jahre. Erstens: auch dies ist die Geschichte einer Arbeiterrevolte, die aber von Frauen durchgeführt wird (von «unten» also); zweitens: sie erfolgt im Namen jener Rechte, die allmählich als gewerkschaftliche Rechte aufgefasst und von einer bestimmten Ideologie (dem Sozialismus der Jahrhundertwende) und genau benennbaren Ideologen (den Gewerkschaftern und einer kuriosen Aktivistin, Angelica Balabanoff) vermittelt werden; drittens: sie endet mit der Eroberung einiger minimaler Rechte, aber der Kampf hinterlässt seine Zeichen und fordert seine Opfer.

Auch für die Zigarrendreherinnen (so steht es im letzten Abschnitt, genau wie für die Bauern der ersten Erzählung: dort wurde es am Anfang gesagt) sind Feste und Träume die einzigen erfreulichen Freiräume.

Hören wir, was der Autor sagt, dessen Aufmerksamkeit für die «Fabrikmädchen» von Anfang an konstant ist und der schon in «Ai margini» (in den «Pensieri della vedova», S. 46–47) die Geschichte einer Zigarrendreherin erzählt hat, hören wir, welche Materialien er benützt hat und in welcher Form:

> «Die Erzählung ist in zwei Teile gegliedert: der erste Teil trägt den Titel ‹Streik› und bezieht sich auf einige Streiks der Zigarrendreherinnen des Mendrisiotto, die in den Jahren 1900, 1917 und 1920 stattfanden. Um diese Begebenheiten zu schildern, habe ich damalige Zeitungen, gewerkschaftliche Veröffentlichungen und Flugblätter sowohl der Gewerkschaft als auch der Arbeitgeber benutzt. Für den Streik von 1900 erinnere ich mich, um ein konkretes Beispiel anzuführen, an den Text des Kompromisses, der zwischen den Fabrikanten und den Arbeiterinnen geschlossen wurde; der Text wurde im Januar 1900 im Rathaus von Chiasso abgefasst. Noch ein Beispiel: dieser erste Teil enthält auch die Episode mit Angelica Balabanoff, die

in Stabio eine Rede hielt; um diese Episode zu erzählen, habe ich Zeitungsartikel und den Bericht des Regierungsabgeordneten benützt und auch den Polizeirapport studiert. Zwischen diese schriftlichen Dokumente habe ich auch einige mündliche Zeugnisse eingestreut. Auf stilistischer Ebene stellte sich das Problem, wie diese Dokumentation zu einer Prosa verarbeitet werden konnte, die nicht nach banaler Reportage klang.

Im zweiten Teil, der ‹In der Fabrik› überschrieben ist und Ende der zwanziger bis Anfang der dreissiger Jahre spielt, bildet den roten Faden die Erzählung meiner Mutter, die Zigarrenarbeiterin war. Ihre Schilderung wurde von mir durch die Erzählungen anderer Frauen ergänzt, die in den Tabakfabriken von Chiasso und Umgebung gearbeitet und mit mir gesprochen haben. Auch hier habe ich versucht, den Standpunkt, die Frische und die Redeweise der Arbeiterinnen zu respektieren und gleichzeitig dieses ganze Material stilistisch zu überarbeiten und literarisch zu verquicken. Ich würde sagen, die Entdeckung, die ich gemacht habe, oder vielmehr mein Ehrgeiz war, von den einfachen Leuten das Erzählen zu lernen.»

Die dritte Erzählung

Tonio, die Hauptquelle, wird schon vorweg genannt: ein direktes Zeugnis. Erstens ist diese Erzählung die Geschichte der Rebellion eines Aussenseiters, die dem ganzen Bogen des Lebens von der Kindheit bis zum Alter nachspürt, und zwar vor einem Horizont, der mit dem Mendrisiotto beginnt und endet, aber nachdem er sich über dessen Grenzen hinaus geöffnet hat. Zweitens ist Tonios Verhalten von klein auf (durch die Familientradition) von der anarchisch-sozialistischen Ideologie beeinflusst, die ihn drängt, in Spanien gegen die Faschisten zu kämpfen. Drittens gehört auch er zu den «Besiegten», denn wie Mattirolo und die Zigarrendreherinnen bleibt er arm und ausgegrenzt; wie Mattirolo ist er geflüchtet, dann zurückgekehrt, und wie die Zigarrendreherinnen ist er geblieben.

Hören wir den Autor:

> «Für ‹Tonio› nahm ich vor allem die Erzählungen des Antonio Boldini zu Hilfe, eines ehemaligen Steinhauers aus Arzo, der die Emigration miterlebt und auch 1937 am Spanischen Bürgerkrieg teilgenommen hatte. Zudem benützte ich die Begegnung mit Adalcisio Sassi, einem anderen Proletarier, der in Spanien gekämpft hatte und nun in einem Häuschen in Rovio lebte, sowie die Untersuchung von Ettore Ballerini über die Steinmetze von Arzo[12]. Ich zog also mündliche Berichte vor. Aber so einfach ist es nicht. Es genügt nicht, andere sprechen zu lassen, Notizen zu machen und Tonbänder zu füllen. Was bleibt, ist das Problem der literarischen Verarbeitung. […]

Die Lokalgeschichte musste der Ort meiner Gefühlserkundungen sein, genau wie die Gegenwart. Und mir kam es vor, als hätte ich eine Schuld zu begleichen jenen Dorfbewohnern gegenüber, die keine Spuren hinterlassen hatten: die bescheidene und alltägliche Vergangenheit führte mir die Feder in den Erzählungen ‹Terra matta›, so wie mich die gewöhnliche und ‹banale› Gegenwart dazu getrieben hatte, die meisten meiner Gedichte zu schreiben.»

Drei Erzählungen, eine Geschichte

«Terra matta» enthält, so lässt sich sagen, nicht so sehr drei verschiedene Geschichten, sondern drei verschiedene Teile derselben Geschichte, einer Geschichte von Existenzen «am Rand», erfasst in drei Formen von Auflehnung, die jeweils unterschiedlich enden: Mattirolo, den der Hunger zur Rebellion treibt, unterliegt und wählt die Illegalität; die Zigarrendreherinnen aus «Die Tabakmanufaktur», deren Rebellion durch Hunger und später auch durch Ideologie geschürt wird, erkämpfen mit ihren Streiks ein paar minimale, sauer verdiente gewerkschaftliche Rechte; Tonio, erst Emigrant und dann Freiwilliger im Spanienkrieg, seit jeher Rebell aus Ideologie, kehrt geschlagen heim und landet im Gefängnis.

Die Götter schicken den Menschen Unglück, damit die nachfolgenden Generationen etwas zu besingen haben, sang Homer. Nicht nur. Die erste Geschichte wird anfangs vom Chor und dann von einem Protagonisten erzählt; die zweite wird ganz im Chor geschildert, die dritte dreht sich um einen Protagonisten.

Und ausserdem sind es drei Geschichten, die mit Montage arbeiten: «Terra matta» und der erste Teil von «Die Tabakmanufaktur» beziehen ihr Material vorwiegend aus schriftlichen Quellen, «Tonio» wie auch der zweite Teil von «Die Tabakmanufaktur» stützen sich vorwiegend auf mündliche Quellen. Drei Geschichten also, die den Techniken der realistischen Erzählung folgen, von den frühen des «historischen Romans» (Manzonis Roman «Die Verlobten» wurde angeregt durch Archivquellen, in denen das Geschrei gegen die «Bravi» festgehalten war) bis hin zu den jüngeren Techniken der wortgetreuen Transkription von Zeugnissen – man denke an die Flugblätter in Nanni Balestrinis «Vogliamo tutto»[13] und vor allem an den Gebrauch von Tonbandaufnahmen bei Nuto Revelli in «Il mondo dei vinti» oder in dem nachfolgenden Band «L'anello forte»[14]. Nicht zu vergessen ist die grundlegend wichtige Erfahrung des Neorealismus. Was Italo Calvino 1964 im Vorwort zu «Il sentiero dei nidi del ragno» schrieb, hilft beim Wiederlesen, auch Nessi besser zu verstehen: den Krieg überstanden zu haben, «stellte eine Unmittelbarkeit der Kommunikation zwischen dem Schriftsteller und seinem Publikum her: man stand sich von Angesicht zu Angesicht gegenüber, gleichberechtigt, voller zu erzählender Geschichten, jeder hatte sein Teil erlebt […]. Wer damals zu schreiben begann, behandelte also das gleiche Material wie der anonyme mündliche Erzähler. Zu den Geschichten, die wir selbst erlebt oder mit angesehen hatten, kamen diejenigen hinzu, die uns schon als mündliche Erzählung erreicht hatten.»[15]

Genau: es sind nicht nur verschiedene Seiten derselben Geschichte, sondern verschiedene Möglichkeiten, sie zu erzählen, indem man die Geschichte des Erzählens der Wirklichkeit verfolgt – diese Vorbilder hat Nessi vor Augen und daran misst er sich.

Nun sind wir zu einem anderen Aspekt des Problems vorgedrungen, zur Frage, wie sich Absichten und Materialien narrativ verwirklichen lassen.

Der Gesichtspunkt

Wir haben Manzoni genannt, und nicht zufällig. Nessi selbst zitiert Manzoni in verschleierter Form am Anfang des Buches, als er die Personen seines narrativen Tryptichons einführt, an einem Festtag:

> «Das Licht der Morgensonne fiel weniger auf Lucias von bescheidener Schönheit als auf Mädchen, die abgearbeitet und mitgenommen waren von den langen Stunden, die sie in der Spinnerei beim Haspeln und beim Einheizen des Ofens zugebracht hatten. Unter ihnen waren Mädchen, deren Los es war, vor-

zeitig zu altern, um den Seidenherren zu ermöglichen, sich ihre Landhäuser in der Brianza zu halten, Kinder, die in den Spinnereien mit ihren feinen Fingerchen die Seidenfäden wieder verknüpften und die manchmal mit dem Gewicht ihres Körpers nachhalfen, dass sich die Spulmaschine drehte.» (S. 10)

Manzoni wird zitiert (als Hommage an den Meister des historischen Romans seitens des angehenden Erzählers), um sich sogleich von ihm abzuheben. Nessi hat, in der Distanz, zu seinen «einfachen Leuten» (Männern und Frauen) jene liebevolle Beziehung, die Gramsci dem Autor der «Verlobten» absprach und die er «medesimezza umana»[16] nannte.

Diese «Einfühlung», die Manzoni dagegen für Renzo und Lucia aufbrachte – wenn wir es mit der scharfsichtigen, wenn auch kontroversen Lesart Moravias halten[17] –, empfindet Nessi für den Mattirolo, die Zigarrendreherinnen und Tonio. Und sie ist nicht nur (aus dem Bericht des Autors wissen wir: nicht zuerst) Frucht einer ideologischen Entscheidung: sie ist vor allem emotional. Manzoni hat seine Lucia im privaten Bereich (der Familie) beobachtet, Nessi beobachtet seine Lucias im sozialen Bereich (bei der Arbeit). Manzonis Lucia ist zuerst Verlobte, Nessis Lucias sind zuerst Zigarrendreherinnen. Und vor allem: Manzoni ist der allwissende Erzähler, der in der ersten Person erzählt und urteilend eingreift, nach seinen Kategorien eines gebildeten Mannes. Nessi behält Manzoni wohl im Auge, hat aber Vergas Lektion gelernt – eine obligate Etappe auf diesem Weg des italienischen Realismus.

Um es mit einem Fachausdruck aus der Verga-Kritik zu sagen, bedient sich Nessi des Kunstgriffs der «regressione»[18]: er tritt beiseite, lässt seine Figuren sprechen, indem er ihren Standpunkt und bis zu einem gewissen Grad ihre Sprache teilt. Nicht als urteilender Erzähler, sondern als teilnehmender Erzähler.

Die Hauptpersonen des Festes, mit dem das Buch beginnt (Mariä Heimsuchung, ein Sonntag 1843) sind Bauern, Papiermacher, Coconwäscherinnen, Aufputzerinnen und Anreisserinnen.

> «Alle wollten sie die Füsse der Jungfrau Maria aus Marmor küssen und hatten ihr irgendetwas anzuvertrauen – ein Sohn, fern von zu Hause, eine verwachsene Tochter oder auch einfach die Mühsal, auf dieser Welt zu leben –, ihr konnten sie es sagen, dieser Trösterin der Bedrängten und Gnadenspenderin» (S. 12), doch «die andere Madonna, dieses Bauernmädchen aus Holz, zwei Spann hoch und rot und blau angemalt, mit dem weissen Kind auf dem Knie, erschien, als das Hochamt zu Ende war, über und über behangen mit Schmuck, Halsketten, Armbändern, Kreuzen und Medaillons» (S. 13).

Der ehrerbietige Kuss der Füsse der «Herrin aus Marmor» im Gegensatz zur Umarmung für ein «Bauernmädchen aus

Holz, zwei Spann hoch». Auf Seiten der Ersten stehen die Pfarrer, Apotheker, Doktoren und Professorensöhne. Nessi schaut zu der anderen Madonna, mit dem gleichen Blick wie seine «einfachen Leute». Ein Fest also, das trennt.

Spiegelbildlich endet das Buch mit einem anderen «Fest», das ebenfalls trennt: daran nimmt Tonio teil, der Erbe der frommen Anhänger des Bauernmädchens aus Holz, zusammen mit dem Erzähler (wir werden noch sehen, warum). Nicht mehr nach dem religiösen Ritus, sondern nachdem auf der Kundgebung – dem laizistischen Ritus – der falsche patriotische Mythos (die «echten» Schweizer gegen die Ausländer und die armen Schweizer) gefeiert wurde.

Der Standpunkt ist dann nicht der des Historikers (von dem wir anhand von Quellen, Methoden und Ideologien Rechenschaft fordern müssen: wer «Terra matta» so liest, irrt sich). Es ist der des Zeitzeugen, der gleichzeitig Erzähler ist: und jetzt sind wir in der Literatur. Nessi stürzt sich ins Getümmel und wählt eine Seite.

Im Schreiben

Wer erzählt, produziert Texte, um Texte zu erzählen, benutzt er die Sprache. Wie setzt man diesen Standpunkt expressiv um? Der linguistische Ansatz ist literarisch (Nessi schreibt nicht vom Tonband ab wie Revelli), aber sobald jemand zu erzählen anfängt – das Buch ist voller erzählter Geschichten –, werden fünf Hauptverfahren in Gang gesetzt.

Erstes Verfahren

Die direkte Rede oder die freie indirekte Rede wird eingeführt. Nehmen wir ein Beispiel für Letztere, bei der der Erzähler ohne Vorwarnung die Worte eines anderen in der dritten Person unverändert aufnimmt. Nessi leiht seine Stimme den streikenden Frauen:

> «Sie vergisst gar nichts, sie nicht: ihr Dasein als Anlehrtochter, die keinen roten Rappen verdient und die Zigarren der Meisterin abliefert, die Arbeit im Taglohn für ein geringes Entgelt, die Arbeit im Stücklohn auch bei Fieber, und dann am Samstag beim Grafen Reina, mit dem Korb voll gebügelter Wäsche, um einen Batzen oder eine Zitrone oder einen Apfel. Sie kann einfach nicht schlafen und kratzt an ihrem Ausschlag in den Achselhöhlen und auf den Armen, und je mehr sie an jene Gesichter denkt, desto mehr kratzt sie sich: die machen nicht einen einzigen Rappen locker, die widerlichen Kerle. Aus Prinzip, sagen sie. Doch noch mehr Abscheu erregt in ihr das ‹Brav, brav …›, das der Patron zu ihr sagte und sie dabei über die Brillengläser hinweg ansah.» (S. 53)

Eine Kundgebung findet statt, einige Arbeiterinnen gehen hin, andere haben Angst, es sind schon Steine geflogen.

> «Da kommen zwei und gehen hinein, die blöden Gänse! Die eine ist die Schwester des Professore, die

andere die Frau des Schmieds, zwei, die es nicht nötig haben.» (S. 71)

Der Erzähler erzählt aus dem Blickwinkel der Arbeiterinnen und benutzt ihre Worte: «die machen nicht einen einzigen Rappen locker, die widerlichen Kerle. Aus Prinzip, sagen sie.», «Da kommen zwei und gehen hinein, die blöden Gänse!» sind die eindeutigsten Beispiele. Der Satzbau ist vorwiegend parataktisch, wie es der Oralität entspricht.

Zweites Verfahren

Nessis Texte bevölkern viele Gestalten: auch wenn einige Protagonisten (Mattirolo, Tonio) herausragen, tauchen sie aus dem Chor einer Menge auf, zusammengesetzt aus Personen, die direkt mit auf der Bühne stehen oder genannt werden. Das expressive Pendant ist die Aufzählung, ein häufig vorkommendes Stilelement; die Dinge summarisch darzustellen, zeigt die Vielschichtigkeit der Situationen. Sofort, gleich zu Anfang des Buches:

«Man konnte die Bauern sehen, die an der *pellagra* litten, da sie nur Polenta, Kastanien, Kleiebrot, Gersten- und Hirsesuppe, die mit Nussöl gewürzt war, zu essen hatten; die Papiermacher aus Piazza und Maslianico, die Tag für Tag in den Betrieben entlang der Breggia mit Lumpen hantierten und nun ihre Klarinetten und

Flügelhörner an die Lippen setzten, die Coconwäscherinnen, die Aufputzerinnen und die Anreisserinnen, die ihre grobe Arbeitsschürze gegen eine bestickte Festtagsschürze eingetauscht hatten.» (S. 9–10)

Drittes Verfahren
Die Sprache von «Terra matta» nutzt die lebendige Kraft des Dialekts: durch mundartliche Ausdrücke und dialektale Lehnwörter. Diese mehr als jene; eher ein Stilmittel denn eine unmittelbare Präsenz, entsprechend der Tradition des lombardischen Expressionismus. Es ist eine Neuigkeit des Prosaisten Nessi, denn in seinen Gedichten finden sich nur sehr selten eingestreute Lehnwörter.

Bei einer systematischen Durchsicht von «Terra matta» jedoch finden sich Dutzende von italienisierten Mundartformen. Der direkte Gebrauch von Dialekt dagegen wird als Kunstgriff der Regression verwendet, diese erfordert die Einnahme des Standpunkts der «ungebildeten» Personen, ohne metalinguistische Eingriffe.

Nur in einigen Abschnitten lässt Nessi seine narrative Option ausser Acht und fügt die Erklärung mundartlicher Wendungen in den Text ein, womit er einem illustrativen und dokumentaristischen Genauigkeitsbedürfnis nachgibt, das ihn manchmal auch zum überwiegenden Gebrauch der historischen Quelle verleitet: das ist ein heterogener Aspekt von «Terra matta», weil sich dadurch der Schwerpunkt der Erzählung verlagert.

Viertes Verfahren

> «Im Betrieb erlaubt der Patron, dass gesungen oder der Rosenkranz gebetet wird. Heimlich liest die Mutter von Vezio zuweilen aus einem Liebesroman vor; eine jede gibt ihr dann eine Zigarre für die Zeit, die sie darob verloren hat.» (S. 75)

> «Unter den Arbeiterinnen mit Schürze und Haube, die an den Toscani-Arbeitstischen sitzen, ist auch Agnese, die vor ein paar Monaten Carlo kennen gelernt hat. Seine Schuhe, die eines Angestellten, haben ihr sogleich gefallen.» (S. 78)

Personen werden nur mit Vornamen eingeführt, sie heissen Agnese, Carlo, auch wenn man noch gar nichts von ihnen weiss. Hier spiegelt sich ein Merkmal der volkstümlichen Mentalität: der kleine Mikrokosmos des Dorfes ist für dessen Bewohner das Universum. Daher ist keine Vorstellung der Personen nötig.

Gleiches gilt für Orte und Begebenheiten, die ebenfalls abrupt und ohne lange Vorrede eingeführt werden. Der kommunikative Effekt, der der Erzählung Kraft verleiht, ist der Anspielungsrahmen.

Die «Enzyklopädie», auf die sich nun auch der überraschte Leser beziehen muss, ist der enge Kreis der Erfahrungen (im Dorf nämlich); nicht das intellektuelle, durch die Buchkultur vermittelte Wissen. Genau wie die Religion durch Frömmigkeit und nicht durch Theologie weitergegeben wird, wird das Erlebte im Allgemeinen – insbesondere das Begehren – durch Symbole und nicht durch ideologische oder psychologische Aspekte transportiert: «Ob es wohl so ist, das Paradies, mit einem *fiasco,* Brot mit etwas darauf und einer Frau unterm Haselstrauch?» (S. 14)

Das ist der «Pavese-Mythos»; und der Haselstrauch ist bei Nessi nicht die einzige Spur in dieser Richtung.[19]

Fünftes Verfahren
Nessi verschleiert seine «gebildeten» Archivquellen und gibt der lebendigen Erzählung Raum, sobald er kann. Auf verschiedene Weise. Eine rasche Gegenüberstellung mit den erklärten Quellen ist aufschlussreich.

Nehmen wir die von Martinola in dem genannten Artikel im «Bollettino storico della Svizzera italiana» (BSSI) veröffentlichten Protokolle und vergleichen sie stichprobenartig mit dem ersten Teil der Erzählung «Terra matta», so sehen wir, dass Nessi gerne Originaltöne aufgreift.

Fehlen ihm die direkten Aussagen (wie im ersten Text: zu weit liegt die Geschichte des Mattirolo zurück; zu fragmentarisch sind die den schriftlichen Quellen entnehmbaren mündlichen Zeugnisse), macht Nessi seine Fantasie an volkstümlichen Aufhängern fest, zum Beispiel einem Exvoto, das mit der gleichen «naiven» Stimme spricht wie die volkstümliche Quelle, die sonst keine Erinnerungen hinterlassen hat, denn es liefert ihm die «zweiten Erzählungen», die er für die Montage seiner Schilderung braucht. Oder er verwendet Kindergeschichten der damaligen Zeit: etwa die

Geschichte von Paoletto, entnommen aus einem damals weit verbreiteten Lesebuch für Grundschulen, dem «Trattenimento di lettura pei fanciulli di campagna» des Abbate Antonio Fontana[20]; also auch eine «volkstümliche» Quelle.

Und wenn es nun beide Quellen gibt, die schriftliche und die volkstümliche, mündliche?

> «Am Abend, auf dem Heimweg, setzen sich die Schwestern aus Genestrerio, sobald sie bei den *Tanacce* angelangt sind, dicht zu den anderen Frauen und beginnen den Rosenkranz zu beten aus Angst vor den Steinbrüchen voller Schatten und Geraschel und vielleicht auch vor der Erscheinung jenes Maultieres, dem Martino das Blut ausgesaugt hat.» (S. 85–86)

Das Maultier des Martino ist die Hauptfigur in «La cava della sabbia» von Pio Ortelli, einem Roman von 1948[21], der ein Vorläufer der Erzählungen über das Mendrisiotto ist: hier haben wir auch die Verbindung zum lokalen literarischen Mikrokosmos; und der Aderlass des Maultiers findet sich in einer bekannten Geschichte von Verga[22]. Nessi baut die Episode diskursiv mit ein, wie mündlich erzählt.

Quelle der langen Episode über Tonio in Spanien ist das Interview mit Antonio Boldini, auch wenn Nessi natürlich die Briefe der Spanienheimkehrer (keineswegs ausschliesslich Intellektuelle) kennt, die im «Archivio storico ticinese» veröffentlicht wurden.[23]

Hat Nessi die Wahl zwischen gebildeter Quelle und volkstümlicher Quelle, bevorzugt er die volkstümliche, der schriftlichen Quelle (auch der volkstümlichen) zieht er, wenn vorhanden, die mündliche vor: darin bewegt er sich besser. Die erste Erzählung ist mehr der historischen Quelle verpflichtet und narrativ am wenigsten ausgearbeitet; die dritte, vorwiegend auf mündliche Quellen und den Autor direkter betreffende Begebenheiten gestützt (wie auch der zweite Teil von «Die Tabakmanufaktur», der auf dem Zeugnis von Nessis Mutter, der Agnese der Erzählung, aufbaut), ist die ausgefeilteste: «Terra matta» dokumentiert auch Nessis narrativen Werdegang. Nessis Suche geht in Richtung volkstümliche mündliche Überlieferung; und sein Buch besteht vor allem aus Erzählungen von Erzählungen.

Beim mündlichen Bericht wird die Botschaft in Gegenwart des Adressaten vom Absender kodifiziert, und die Beziehung zwischen den beiden ist nicht nur eine sprachliche, sondern wird, da sie einander sehen und hören, eine persönliche. Nessis Beweggründe, das wissen wir, sind zuerst emotional. Er stellt «medesimezza» zu seinen Personen her, fühlt sich ein. Deshalb ist er Erzähler und nicht Historiker.

Erster Epilog

Wir haben diese Analyse mit dem Titel begonnen, und mit dem Titel wollen wir sie beenden.

Die Formel «terra matta» benutzt der Richter bei Tonios Prozess; sie ist keiner Prozessakte entnommen, offenbar hat Tonio sie in seinem Bericht erwähnt.

So spielt der Titel des Buches nicht nur auf eine Ideologie an, sondern gewinnt auch eine narratologische Bedeutung: er weist auf die Art des Erzählens hin. Das Spiel ist stringent und hat den Autor gepackt.

Die Begebenheit von «Terra matta» zieht sich durch, von 1843 bis in die Gegenwart, und sie steht nicht für eine nostalgische Absicht, sondern für eine Geschichte, die noch andauert: die Bewusstwerdung sozialer Ungerechtigkeit.

Wenn der Erzähler, der sich am Anfang exponiert hat, indem er Manzoni zitierte, um dann nach Art eines Verga zu verschwinden, am Ende wieder in Erscheinung treten will, kann er dies nur als Figur in seiner Erzählung tun.

Aus Spanien zurückgekehrt, betritt Tonio die Szene zum letzten Mal bei einer Kundgebung (anlässlich der Abstimmung von 1970 gegen die «Überfremdung» der Schweiz) und sieht sich wiederum auf Seiten der neuen Armen – ausländische Emigranten, Arbeiter –, er, der selbst in der Emigration gewesen ist und nur von seiner staatlichen Rente lebt, getrennt von den Schweizer Mächtigen und Grossbürgern. Zusammen mit Tonio, der literarischen Figur, ist auch der Autor da: Zeuge derselben Kundgebung und ebenfalls zur Figur geworden. Das ist die originelle narrative Lösung des Buches: damit erscheint Nessi, bisher gewissenhafter Chronist der drei Geschichten aus seiner Heimat, auf dem Proszenium, um daran zu erinnern, dass er der Regisseur ist.

Gemeinsam mit Tonio verlässt der, der nun das erzählende Ich ist, die abstossende Kundgebung und begleitet ihn nach Hause, um mit ihm zu plaudern, mit dem «terramatta», dessen Freund er geworden ist. Nicht mehr nur, um seinen Erzählungen zuzuhören, sondern um Worte mit ihm zu wechseln. Als wollte er sagen: «Terra matta» gibt es heute noch, und ich gehöre dazu. Denn – wir sind vom Klang der Wörter ausgegangen und zum enthüllenden Klang kehren wir zurück – «Terra matta» klingt wie *terra amata*.

Zweiter Epilog

Die drei langen Erzählungen des narrativen Debüts von 1983 haben eine Berufung bestärkt und zum Ausdruck gebracht, die sich zu der lyrischen gesellt hat. Auf die ersten drei Gedichtbände folgte 1992 die Sammlung «Il colore della malva»[24] und im Jahr 2000 «Blu cobalto con cenere»[25]; auf «Terra matta» folgte 1989 ein erster Roman, «Tutti discendono/Abendzug»[26], 1997 ein zweiter Band mit Erzählungen, «Fiori d'ombra/Schattenblüten»[27], und 1998 ein zweiter Roman, «La lirica/Die Wohnwagenfrau»[28]. Ausserdem die Anthologie «Rabbia di vento/Grenzraum» von 1986[29] und zahlreiche verstreute Beiträge: Gedichte, erzählende Prosa und essayistische Texte.

Wer daher heute «Terra matta» liest, kann es auch mit Blick auf die nachfolgende Literatur Nessis tun, insbesondere die erzählenden Texte.

Und er wird einerseits die Beständigkeit jenes ersten Buches[30], andererseits Konstanten und Neuerungen in den folgenden Prosaarbeiten feststellen.

Beginnen wir mit den Konstanten.

Als Erstes fällt eine doppelte Treue auf: zum geografischen und menschlichen Mikrokosmos. Das heisst, zum südlichen Teil des Tessins, dem Land zwischen Chiasso und Mendrisio, mit Ausflügen über die Grenze in die Gegend von Como und nach Norden bis in die drei Städte und die oberen Täler des Kantons, mit einigen sporadischen Abstechern über die Alpen. Eine systematische Durchsicht des zweiten Buches würde reichen, um sich davon zu überzeugen. Wenn der «point de repère» Bestand hat, dann deshalb, weil er gross genug ist, um dort sämtlichen Menschentypen zu begegnen, mit denen Nessi in Kontakt ist und denen sein interessierter Blick gilt; den Menschen, die uns aus seinen Gedichtbänden und Prosawerken bis 1984 entgegenkommen, nämlich Frauen und Männer am Rand der Gesellschaft (die Mutter «in primis»): «ai margini», also «am Rand» zu leben, ist das Erkennungszeichen, der Zustand, der beim Autor «medesimezza», einfühlende Wahrnehmung der Gleichheit, auslöst. Und da die soziale Ausgrenzung anhält und sich verwandelt – schon Tonio aus der dritten Erzählung von «Terra matta» wird bewusst, dass er, jetzt Rentner und früher Arbeiter, den ausländischen Emigranten nahe ist –, sind Nessis Bücher immer von zahlreichen Personen bevölkert. Seine vorwiegende Erzähldimension ist der Chor.

Eine weitere Konstante ist der Aufbau: Nessi geht bei seiner Arbeit von realen Zeugnissen aus, wie wir gesehen haben, schriftlichen und mündlichen. Der zweite Roman von 1998, «La lirica/Die Wohnwagenfrau», zeigt filigran auf, welche Materialien er benutzt – am Anfang steht eine wahre Geschichte, und es gibt echte Dokumente: Zeitungsberichte, ein Tagebuch, Briefe –, doch sie werden durch andere, erfundene verschleiert und verdoppelt, und die Erzählung geht ihren eigenen Gang, mehr von der Imagination ihres Autors als von den Dokumenten geleitet, die seine Figur überlebt haben.[31]

Das ist eine erste Neuerung. In den Arbeiten nach «Terra matta» nimmt der Autor die Quellen in sich auf, die Worte seiner Geschöpfe und ihrer Geschichten sind nun von ihm neu durchdachte Worte. Nur in einer der einundzwanzig Geschichten in dem zweiten Erzählband «Schattenblüten» klingt eindeutig das Tonband durch.[32] Die anderen sind neu erzählt in einer Sprache, die sich allmählich herausgebildet hat, in der Lyrik war sie von Anfang an präsent und hat sich nach «Terra matta» auf die Prosa ausgeweitet. Ihre Hauptmerkmale – und hierin besteht die zweite doppelte Neuerung an der Sprachfront – sind die hochgradige Literarität und das Auftauchen des erzählenden Ichs.

Wichtig ist, in Bezug auf den ersten Aspekt, zu beobachten, dass ausser den dokumentarischen Quellen auch der Dialekt in den Hintergrund tritt (zwei Seiten derselben Wirklichkeit): Er verschwindet nicht ganz, denn er ist die Sprache der Personen, aber der Autor bewahrt ihn auf für gelegentliche Einsprengsel in seine eigene, auktoriale Sprache, die sich nicht an seinen Geschöpfen, sondern an den literarischen Werken orientiert, die er gelesen und geliebt hat. Das Gleiche, könnte man sagen, gilt auch für Wortschatz und Syntax: in «Terra matta» waren sie aus Gründen der Tarnung vereinfacht (hier hat der Erzähler sich seinen Personen angeglichen). Nach «Terra matta» überwiegt demnach auch in der Prosa eine «gebildete», stark metaphorische Sprache.

Eine Kostprobe:

> «In dem milchigen Licht, das den Hof überschwemmte, sah die alte Treppe aus wie ein lauerndes Tier. Nach dem Grau der Gedanken neben dem langsam verlöschenden Feuer erregte ihn all dieses Weiss wie einen Jungen. Also zog er sich Jacke und Mütze an und trat in die Novembernacht hinaus.»[33]

Übrigens hilft uns der Autor selbst zu verstehen. Wenn er uns anfangs wissen liess, die Lektion des Schreibens habe er «mehr in den Abteilen zweiter Klasse als in Literaturseminaren»[34] gelernt, so entdeckt man im ersten Roman zwei weitere Neuerungen: das – deutlich autobiographische – erzählende Ich, das in Tonio nur kurz und erst am Ende hervorlugte, verdunkelt von einem anonymen Erzähler aus dem Volk, führt in «Abendzug» von Anfang bis Ende durch den Text, es erzählt seine Geschichte (erste

Neuerung) und offenbart (zweite Neuerung) insbesondere die Etappen der Entdeckung der literarischen Berufung, es nennt die Schriftsteller, die es geformt haben: Pavese, Fenoglio, Pasolini ... Daher stammt die stilistische Lektion und das Bewusstsein, wie unumgänglich der Stil ist: Literatur ist zuallererst Würde der Sprache, und in dem Moment, in dem der Autor sich entscheidet, als Erzähler ins Offene hervorzutreten, noch dazu als Figur in seiner Geschichte, muss er eine andere Wahl treffen. Bedeutsam in diesem Sinne ist, um zwei folgende Bücher mit Erzählungen zu nennen, der Übergang von einem Titel wie «Terra matta», der an die realistische Phase gebunden ist, zu einem anspielungsvollen Titel wie «Schattenblüten».

Noch eine Neuerung gibt es in Nessis Prosa und auch in seiner Lyrik nach «Terra matta». Nämlich die, dass er den Dingen mehr auf den Grund geht und eine Veränderung enthüllt, die in ihm als Autor gereift ist. Nessi bleibt stets aufmerksam – das ist seine Art, Erkenntnis zu sammeln und nachzudenken – für den menschlichen Chor der Randexistenzen; aber von Männern und Frauen «am Rand der Gesellschaft» geht er dazu über, von Männern und Frauen «am Rand des Lebens» zu erzählen.

Vom Soziologischen zum Existentiellen. Er lässt die Gefahren des Populismus und der Ideologie hinter sich: Dies geht aus der einzigen Erzählung in «Schattenblüten» hervor, in der die Hauptperson daran denkt, der sozialen Ungerechtigkeit mit einer unmöglichen Auflehnung abzuhelfen, der gleichen wie Mattirolo: «Denn man muss denen nehmen, die haben, um denen zu geben, die nichts haben.»[35] Doch diese Worte spricht ein junges Mädchen in einem Augenblick heller Wut; der Erzähler beobachtet aus der Ferne und kommentiert: «Einer sagt, man muss eine Revolution machen, um die Menschen zu verändern. Aber wie kann man das Böse auf der Erde zum Verschwinden bringen?»[36]

Nessis Blick ist nun stärker auf das «Leben» seiner Personen gerichtet, um das Leid (vorwiegend «das Böse auf der Erde») und das Glück (selten) darin zu erfassen, in einer Art radikaler Bilanz ihrer Existenzen, die von Erinnerungen, vor allem an Erlebnisse mit anderen Personen, und von Träumen gespeist werden, um die Leere der jetzigen Zeit zu füllen.

Nessi selbst, der den Lesern nach und nach seine literarischen Vorbilder verraten hat, nennt an dieser Stelle einen Namen, den er gewiss als kongenial empfindet und den er auf seine Weise neu interpretiert: Edgar Lee Masters und die «Spoon River anthology», ein Kultbuch der Literatur des 20. Jahrhunderts. In der Erzählung «Lücken» (aus «Schattenblüten») setzen Verse eines Gedichts aus «Spoon River»[37] die Akzente in der Lebensgeschichte der Protagonistin, einem jungen Mädchen. In «Blu cobalto con cenere» gibt es eine ganze Abteilung, «Monologhi», in der die Protagonisten in der ersten Person von sich erzählen und ihre Seele entblössen, wie in der «anthology».

Die jüngsten Prosaarbeiten ebenso wie die jüngsten Gedichte Nessis – in einem mimetischen Verhältnis zur

Wirklichkeit einerseits (immer impliziter) und zur Literatur andererseits (immer expliziter) – blicken direkt in die Existenzen der gewöhnlichen Menschen, in einem Reigen von Begegnungen, und durch sie spiegelbildlich ins eigene Selbst, in einer Auseinandersetzung mit der Bilanz und dem Sinn des Lebens und, letztendlich, dem Tod.

Vom Existentiellen zum Metaphysischen. «Die Lust, über letzte Dinge zu sprechen»[38], hat sich durchgesetzt.

Aus dem Italienischen von Maja Pflug

1 Giuseppe Marotta, *L'agnello nero*, in: *Le milanesi*, Bompiani, Mailand, 1962, S. 333–334.
2 *Rasoterra. Poesie*, Casagrande, Bellinzona, 1983 (deutsche Auswahl in: *Mit zärtlichem Wahnsinn. Con tenera follia*, Übersetzung Maja Pflug, Limmat Verlag, Zürich, 1995).
3 *I giorni feriali*, Edizioni Pantarei, Lugano, 1969 (deutsche Auswahl a.a.O.). Wo nichts anderes vermerkt, sind die Zitate aus den deutschsprachigen Ausgaben.
4 *Ai margini*, Collana di Lugano, Lugano, 1975 (deutsche Auswahl a.a.O.). Die ersten beiden Sammlungen wurden 1988 neu aufgelegt: *I giorni feriali. Ai margini*, Giampiero Casagrande, Lugano. Zitiert nach: *Ai margini*, 1988, S. 23.
5 *Rasoterra*, a.a.O., S. 61.
6 Ebd., S. 49.
7 Ebd., S. 91.
8 Die Erklärungen sind nachzulesen in Fabio Soldini, *Due capitoli su Alberto Nessi. I. «Terra matta»: lettore e autore a confronto*, in: «Cenobio», April–Juni 1987, S. 99–111 (das vorliegende Nachwort ist eine überarbeitete Fassung dieses Textes und erschien auf italienisch in der Neuausgabe von *Terra matta*, Dadò, Locarno, 2005). Nessi selbst hat sich noch bei zwei weiteren Gelegenheiten dazu geäussert: *Narrare dal basso – Von unten erzählen*, in: «Welt im Wort – Voix des lettres», 24. Juni 1986, S. 21–23 (aus diesem

Text stammen die hier zitierten Abschnitte über die erste und die dritte Erzählung in der Übersetzung von Alice Vollenweider), und *Ribelle o folle? Personaggi in cerca di identità*, Vortrag bei der Tagung «Psichiatria e letteratura», Mendrisio 9.–10. März 1995 (unveröffentlicht).

9 Die Wichtigsten sind jene von Giuseppe Martinola: *Torbidi nel Mendrisiotto nel 1847*, Stucchi, Mendrisio, 1939, und *Fonti per la storia dei partiti ticinesi*, in: «Bollettino storico della Svizzera italiana», 79 (1967), S. 160–175.

10 Francesco Bertoliatti, *Un Fra Diavolo ticinese*, in: «Rivista storica ticinese», 19 (1941), S. 433–444.

11 Paul Hugger, *Sozialrebellen und Rechtsbrecher in der Schweiz*, Atlantis Verlag, Zürich, 1976.

12 Ettore Ballerini, *La lavorazione del marmo e l'emigrazione degli scalpellini*, Centro didattico cantonale, Bellinzona, 1984.

13 In *Vogliamo tutto* (Feltrinelli, Mailand, 1971; deutsche Ausgabe: *Wir wollen alles)* geht Nanni Balestrini von den bei FIAT in Turin verteilten Flugblättern und von mit dem Tonband aufgenommenen mündlichen Zeugnissen aus.

14 Nuto Revelli schreibt im Band *Il mondo dei vinti. Testimonianze di vita contadina* (Einaudi, Turin, 1977; deutsche Ausgabe: *Die Welt der Besiegten)*, der 270 Geschichten umfasst: «Meine besten Gesprächspartner sind die alten Leute, weil sie wissen. Die Alten sind aussergewöhnliche Erzähler und Schauspieler. Sie lassen sich immer auf den Dialog ein, haben ein grosses Redebedürfnis.» (S. XXIX), und: «Das Tonband stört den Zeitzeugen nicht, lenkt nicht ab, schüchtert nicht ein. Manchmal macht es verantwortungsbewusster.» (S. XXXIII–XXXIV) *L'anello forte. La donna: storie di vita contadina* (Einaudi, Turin, 1985) umfasst 260 Geschichten. Weiter sei noch darauf hingewiesen, dass Nessi selbst mit Hilfe seiner Gymnasiastinnen und Gymnasiasten fünf kurze mündlich erzählte Geschichten von alten Männern und Frauen aus dem Mendrisiotto aufgenommen, transkribiert und veröffentlicht hat: vgl. *Le vite che abbiamo fatte*, Edizioni svizzere per la gioventù, Zürich, 1982.

15 Einaudi, Turin, 1964, S. 7–8 (deutsche Ausgabe: *wo Spinnen ihre Nester bauen)*.

16 Deutsch etwa: «menschliche Einfühlung». Vgl. Antonio Gramsci, *Quaderni del carcere*, hrsg. von Valentino Gerratana, Einaudi, Turin, 1975, II, S. 896.

17 Alberto Moravia, *Alessandro Manzoni o l'ipotesi di un realismo cattolico*, in: *L'uomo come fine*, Bompiani, Mailand, 1964, S. 196.
18 Vgl. Guido Baldi, *L'artificio della regressione. Tecnica narrativa e ideologica nel Verga verista*, Liguori, Neapel, 1980.
19 Auf den Einfluss der Literatur von Cesare Pavese weist Pio Fontana in seinem Vorwort zur ersten Ausgabe von *Terra matta* hin.
20 Veladini, Lugano, 1836.
21 Mazzucconi, Lugano, 1948; Elvetica, Chiasso, 1970.
22 Vgl. die Novelle *Gli orfani*, in: *Novelle rusticane*. Auch die dramatischste Episode des Buches (ein Liebespaar beschliesst vor Scham, weil sie schwanger geworden ist, gemeinsam zu sterben: das Mädchen erhängt sich als Erste und er nutzt das aus, um sich zu retten; cf. S. 92) hat nicht nur ein literarisches Gegenstück (in *Aline* von Charles Ferdinand Ramuz), sondern auch eines in der Realität der Lokalgeschichte (vgl. Virgilio Gilardoni, *Creature, trovatelli, venturini*, in: «Archivio storico ticinese», 80, 1979, S. 271–332). Doch schon in *Ai margini*, im Gedicht *FFS*, lesen wir: «Sie hat sich umgebracht/die Kellnerin vom Sole, die Schwarze/die diese Geschichte hatte.»
23 In der Nr. 65–68 aus dem Jahr 1976 (S. 79–138), hrsg. von Virgilio Gilardoni. Einer der Briefe der Tessiner Freiwilligen erscheint dagegen vollständig in *Rabbia di vento* (deutsch: *Grenzraum*, S. 85–87), der Anthologie, die Nessi in den Monaten zusammenstellte, in denen er an den Erzählungen von *Terra matta* arbeitete: Dort überlässt der Erzähler Nessi dem Historiker das Feld und zeigt indirekt die Quellen seines literarischen Schaffens auf. Ein «Porträt eines ehemaligen Freiwilligen» gibt es schon in *Rasoterra* (deutsch in: *Mit zärtlichem Wahnsinn*, a.a.O., S. 73).
24 *Il colore della malva. Poesie*, Casagrande, Bellinzona. Eine zweisprachige italienisch-französische Ausgabe *(La Couleur de la mauve – Il colore della malva)* erschien 1996 bei Editions Empreintes, Lausanne. Eine zweisprachige italienisch-deutsche Anthologie mit 55 lyrischen Texten, entnommen den ersten vier Gedichtbänden und übersetzt von Maja Pflug, erschien 1995 im Limmat Verlag, Zürich *(Mit zärtlichem Wahnsinn. Con tenera follia. Ausgewählte Gedichte)*.
25 *Blu cobalto con cenere*, Vorwort von Maurizio Cucchi, Casagrande, Bellinzona.
26 *Tutti discendono*, Casagrande, Bellinzona; deutsche Ausgabe: *Abendzug*, aus dem Italienischen von Regula Kühne, Limmat Verlag, Zürich, 1991.

27 *Fiori d'ombra. Racconti,* Casagrande, Bellinzona; deutsche Ausgabe: *Schattenblüten,* aus dem Italienischen von Maja Pflug, Limmat Verlag, Zürich, 2000.
28 *La lirica,* Casagrande, Bellinzona; deutsche Ausgabe: *Die Wohnwagenfrau,* aus dem Italienischen von Maja Pflug, Limmat Verlag, Zürich, 1998.
29 *Rabbia di vento. Un ritratto della Svizzera italiana attraverso scritti e testimonianze,* Casagrande, Bellinzona; deutsche Ausgabe: *Grenzraum. Texte aus der italienischen Schweiz,* aus dem Italienischen von Judith Rohner, Christine Wolter u.a., Benziger/Ex Libris, Zürich, 1986.
30 Es sei daran erinnert, dass *Terra matta* zuerst auf Deutsch erschien (Limmat Verlag, Zürich, 1983), die erste italienische Ausgabe erschien 1984, die zweite 1985, die dritte 2005 (alle Dadò, Locarno).
31 Vgl. Fabio Soldini, *«La Lirica» di Alberto Nessi: proposta di lettura,* in: «Versants», 36 (1999), S. 145–151.
32 In: *Erinnerungen an Sonnenberg,* S. 114–119.
33 In der Erzählung *Mondstaub,* in: *Schattenblüten,* S. 61.
34 So steht es in *Gotthardlinie,* in: *Mit zärtlichem Wahnsinn,* S. 93.
35 Vgl. *Die Stunde der Füchse,* S. 21.
36 Ebd., S. 21.
37 *Johnnie Sayre* (Einaudi, Turin 1964, S. 40; Übersetzung Fernanda Pivano).
38 Vgl. *Sich wiedersehen,* in: *Schattenblüten,* S. 7.